佐藤洋二郎

親鸞

既往は咎めず

松柏社

親鸞

既往は咎めず

親鸞は船頭が漕ぐ櫓の音を聞いていた。櫓の擦れる鈍い音が海原に流れ、小舟は海岸沿いを北上している。

能生《のう》の小野浦で、舟に乗せられた時には明け方だったが、すでに初夏の陽は傾きかけている。だが陽射しはまだ強かった。

「眩しくねえか」

若い船頭の直助が野太い声で訊いた。顔は陽に焼け、黒光りする背中から大粒の汗が落ちている。日々、舟を漕ぐ彼の背中は筋肉が隆々とし、櫓で波を切る度に躍動していた。六尺近くはある大男だ。

細い目は深く窪み、頬骨は突起している。赤い唇は分厚い。反り気味の歯は乱杭《らんぐい》で隙っ歯だ。腕は太く、親鸞の手の二倍はありそうだ。近くにいるだけで威圧感があった。親鸞ははじめて会った時、おもわず見上げたままだった。

以前、都の見世物にかかっていた、黒い異人と同じだとかんじた。その男は檻の中に入れられ、血走った目を向け咆哮《ほうこう》していた。

見世物が終わると、仲間たちと酒を飲み、流暢な言葉で笑い合っていた。隠れて眺めていると、そばの男が天竺《てんじく》※からきた者だと言った。その国の先には、もっと色の黒い人間がいるとも言った。

天竺にそんな人間がいるものか。第一、食い物を片手で食っているではないか。それに天竺の者なのに酒もたらふく飲んでいた。きっとでまかせだ。親鸞はそうおもったが、仏陀のことを訊いてみた。

すると男は、相手が僧だとわかると、ほんの一瞬だけ鋭い視線を向けたが、すぐに柔和な表情をつくった。男は世尊《せそん》※のことも知っていたし、仏陀や菩薩《ぼさつ》※のことにも詳しかった。日本の仏はみな自分の国の神だと口元をゆるめた。

どこにあるのかと尋ねると、海の向こうだと教えてくれ、西のほうに行けば、黒い人間や白い人間もいると言った。船乗りだったが、難破したところを日本の船に助けてもらい、あちこちでこうして生きているのだと言った。

もう自分は故国に帰ることはないのだから、これからは思う通りに生きると白い歯を見せた。あの男は今どこにいるのか。はじめて魁偉《かいい》な風貌をした直助を見た時、親鸞は、あの男ではないかと見間違えたほどだった。

「いい日和すぎて、雪深い越後に向かっているとはおもわないだろ?」

親鸞が物思いに耽っていると、直助が声をかけた。それで現実に戻ったが、相手は、坊さんを舟に乗せるのははじめてだと櫓に力を加え、舟の舳先に陣取っている武士に言った。

都を出る前に山中幸秀と名乗った小柄な男は、一切無駄口を叩かない。笑うこともなかった。五尺足らずの男だったが、鍛え上げている体は引き締まっていた。じっと

※天竺…インドの旧名。西遊記で知られる玄奘三蔵一行が目指した地がこの天竺とされる。
※世尊…世の中で最も尊いの意。釈迦の敬称。
※菩薩…仏の位の次にあり、悟りを求め、衆生を救うために多くの修行を重ねる者。

座っている脇には大刀を置き、なにかあれば、瞬時に行動を起こす気構えをかんじさせた。

顔合わせをしたおりに、自分が越後まで一緒に行くと告げたが、後はなにもしゃべらない。どこの人間で、どんな暮らしをしているのかも知らない。相当の剣の使い手だと耳にしたが、その男は波の音を聞きながら、ただ海原を見つめているだけだった。

都を出てから越中の伏木、町袋、姫川と陸路を歩き、今日は三人で海を流れている。二人は絶えず親鸞を盗み見し、監督する視線があった。

いずれ処分されるはずだと覚悟はできていたが、薄暗い倶利伽羅《くりから》峠、断崖絶壁の親不知を通っても、突き落とされることもなかった。途中、いくらでも命を絶つことはできたのに、一向にその気配はなかった。

親鸞は抗う気持ちはなかったが、警戒している自分を疎ましくもおもっていた。この期に及んで、まだこの忍土《にんど》※に未練があるというのか。いやすでにその感情はもうない。

法然上人や玉日《たまひ》※、生まれて間もない息子と別れた今、なにがあるというのか。後は浄土に行くだけではないか。彼がそう思案していると、自分の心を呼び戻すように、玉日に抱かれた稚児の泣く声が脳裏を走った。

だがこうして越後に近づいても、二人は手を下そうとはしない。人を殺めようとする気負いも見えない。違うことがあるとすれば、直助が越後に近づくにつれ、一段と冗舌になってきただけだ。しきりと越後の話をしている。

親鸞が山中幸秀と同じように海原に目をやると、目の端に走り抜ける物があった。小魚が海原を飛んだ。

「あれは、なんですか」

親鸞は次々と跳ねて行くものを見た。

「飛び魚」

直助は素っ気なく言った。

「空を飛ぶ魚がいるのですか」

※忍土…この世のこと。娑婆《しゃば》。

※玉日…浄土真宗開祖親鸞の妻と伝承される女性。

「いろんな物がいる。海にはな」

いくつもの魚が海面すれすれに飛んでいる。都から鳰《にお》の海※に入り、そこを北上して越前に出た。

はじめて海を目の当たりにしたが、その広さに戸惑った。青い海原がどこまでも続き、波は絶えず押し寄せている。それがあくこともなく繰り返されているのだ。

そこから海沿い陸路を歩き、小野浦から再び舟に乗った。親鸞が岩肌に弾け、立ち上がる飛沫を眺めていると、また直助がどうしたのかと訊いた。

「海というものは、不思議なものですねえ」

彼は正直に応えた。

「おれは毎日見ている。こんないい日ばかりじゃない。荒れて暴れる日もあれば、こうして穏やかな日もある。人間の気持ちによく似ている」

風に乗ってゆっくりと舞う鳥が、目から消えたとおもうと、立ち上がっている入道雲の中に消えた。

「海にはなんでもある。なんでも生まれてくる。無尽の宝の山だ。それでおれたちも生きていける」

直助は得意げに言い、太い前歯を見せた。親鸞は幼い頃から見続けていた鳰《にお》の海を、海とおもっていた。叡山にいる僧侶たちもそう言っていた。いや一度だけ、磯長《しなが》※の太子廟で参籠《さんろう》※した帰り道、生駒の山から茅渟《ちぬ》の海※を見たことがある。はるか遠くの海は、鳰の海と同じように穏やかだった。

海とはあんなものだと思い込んでいたが、実際に見た海は果てしなかった。叡山から見下ろす湖は、荒れても波飛沫《なみしぶき》が立ち上がることもなかった。いつも凪《な》いでいた。

先程、直助は、海の水を舐めてみろと言った。親鸞はその声を聞いて、いよいよその時がきたとかんじた。彼は一瞬山中に視線を走らせた。

相手は目を閉じていた。自分を亡き者にするためにわざとそうしているのか。いず

※鳰の海…琵琶湖の古名。
※磯長…現在の大阪府南河内郡太子町の一部。古代においてこの付近には敏達・用明・推古・孝徳の陵墓をはじめ、聖徳太子の磯長墓などが設けられた。
※参籠…神社や仏堂など一定期間昼も夜も引き籠って神仏に祈願すること。
※茅渟の海…和泉《いずみ》と淡路の間の海の古称、現代の大阪湾一帯。

れは浄土へ行く身だ。ついにきたのだ。親鸞は目を瞑《つむ》り掌で海水を掬《すく》った。しかし彼らが動く気配はなかった。都の外に出れば直ちに亡き者にさせられる。親鸞はずっとそう思い込んでいた。そうでなければ、わざわざ還俗《げんぞく》※させるはずもない。

だが二人からは一向にその気配が見えない。舟を漕ぐ直助はよく口を開いた。自分が直江浦の出で、将来は武士になりたいのだとしゃべった。

彼は、直江浦の近くに家族で開墾した土地がある。それを守るためにもなるのだと言った。いくら開墾しても公家や寺社に取り上げられるのは、間尺に合わないと不平を募らせた。幸いに自分には八人の兄弟がいる、昔なら大戸《たいこ》なのだと言った。

大戸《たいこ》とは律令政治の頃の調庸《ちょうよう》や、兵役の課役の対象になる家のことだ。八人以上出せる家を大戸《たいこ》、以下、上戸《じょうご》、中戸《ちゅうご》、下戸《げこ》とあり、下戸は三人以下しか出せない家を指す。直助は自分たちの家には十分な労働力もあると、毛が生えた分厚い胸を反らした。

開拓した土地はやがて生産力も高まる。それを黙って搾取《さくしゅ》されるのは理不尽だ、三善様のように立派な武士になって、土地を取られないようにすると真剣な眼差しを向けた。

そう言った彼の目の中には、公家や僧を卑下する強い光があった。もののふになりたいという若者なら、人間を殺めるくらいは雑作がない。それには甘んじて受けるし、抗う気持ちもない。

なにも怖れるものはない。それどころか阿弥陀仏のそばに行かれるのだ。確かに自分は玉日《たまひ》と情を通じた。それも女色の限りを尽くした月輪殿《つきのわどの》と、我が師の法然上人との申し出を受けただけだ。

はじめは懸命に断った。泣いて上人に頼み込んだ。どんな咎《とが》よりも恥ずかしいことではないか。数多《あまた》いる弟子の中から、なぜ自分が選ばれたのか。

すると法然上人は、悪行を重ねた人間を救うのに、その悪行を知らずに、どうして彼らを救えるのかと諫《いさ》めた。その人間たちよりももっと下に落ちて、彼らを見ろと諭した。それでも納得できなかった。しかし上人の言葉は仏の言葉に等しい。それゆえにその教えに従ったのだ。

「あんたみたいな者にはわからないさ」

※還俗…僧侶が戒律を堅持することを捨て、在俗者・俗人に戻る事。

若い直助は切り返すように呟いた。この何十年、貴族と武士の土地を巡っての激しい争いが続いている。長年の抗争の末に平清盛が治め、彼は従三位《じゅさんみ》※になった。そこからが公卿《くぎょう》の立場だ。多くの武士は、彼が貴族たちと一緒に、今度はまた土地を搾取《さくしゅ》すると警戒した。

けれども平氏の時代もながく続かず、やがて関東武士が頼朝を立てて挙兵し、世の中を収めた。その犠牲者の一人が親鸞でもあった。下級貴族である日野一族は、後醍醐天皇失脚に加担し悲劇に包まれた。そんな中で父親の日野有範は死んだ。親鸞は伯父の日野範綱に連れ添われて慈円の元で出家した。

それが九歳の時で、二十九歳まで叡山で堂僧をしていた。そして五年前から上人のそばにいたが、念仏によって阿弥陀仏に救われるという、彼の言葉に嘘はなかった。ようやく心が穏やかになったのだ。

だがこのたびの法難※で、西意善棹房《さいいぜんしゃくぼう》、性願房《しょうがんぼう》、住蓮坊《じゅうれんぼう》も安楽坊《あんらくぼう》もみな死罪となった。土佐国番田に流された法然上人にしても、例外ではないはずだ。

都から遠く離れれば、我が身も性願房らと同じ運命だ。いつ亡き者とされるかわからない。またそうなったとしてもかまわない。むしろこの大海に身を放り投げられることのほうが、本望だ。

「わかりませんが」

「人間はわかろうとしない者には、どんなことでもわからないし、わかっていても知らないという者がいる」

直助は親鸞を見据えた。親鸞は咄嗟《とっさ》にどう応えていいのか判断できず、そうですか、と言ったまま言葉をとめた。

「そこにいくと三善様は違う。元はわしたちと同じ出だ。親切で、親身にかんがえてくださる。いずれみなこのあたりを領地にされると言われている」

「九条様のものではないのですか」

親鸞は戸惑い気味に訊いた。都では、越後は今も月輪様の知行国《ちぎょうこく》※だ。そのことはも

※従三位…正三位の下、正四位の上に位し、任参議及び従三位以上の者を公卿といった。
※このたびの法難…承元の法難。法然ひきいる吉水教団が既存仏教教団に弾圧され、後鳥羽上皇によって法然およびその門弟が迫害を受けた事件。

う違うのか。近年の兼実《かねざね》の憔悴《しょうすい》した表情が浮かんでくる。

罪を背負わされる身を、月輪様が奔走して救ってくれたとおもっている。それも自分の娘と一緒にさせているからだ。所領地である越後へ寄越したのも、そこであれば、まだ安心だと判断したからではないのか。

それを直助は三善為教《ためのり》の土地のように言う。妻である玉日《たまひ》がついてこなかったのも、そういう土地だったからではないのか。玉日は確かに病状も悪化している。寒い越後で生きていくことは困難だ。それゆえに都に残ったのだ。

直助の言葉で、もしもという疑念が生まれたが、親鸞はもう深くかんがえたくなかった。玉日や息子の範意《のりむね》の身が助かっただけでも、よしとしなければいけないのだ。初対面の親鸞に、あけすけに言う若者を彼は改めて見つめた。

「開墾したことも、耕したことも、一度として足を運んだこともない者が、どうして自分の物と言えるのだ。それをそのうち三善様が変えてくれる」

「三善様は越後介ではないのですか」

「それは違いない」

直助は意味ありげに含み笑いをした。

「今はそうかもしれないが、もっと大きな人物じゃ。あの人は誰にも差別がない。温かい声をかけてくれる。座役《ざやく》※も安くしてくれるということだ」

守護も地頭も租税を徴収できるようになったことは、親鸞も知っている。三善為教はその税を軽くすると言うのだ。彼らが靡《なび》かないはずはなかった。

「あの人は味方だ。働きがいもある。わしたちが耕した物は、わしたちの物ということではないのか」

親鸞はまた言葉に詰まった。自分も下級貴族の出といえども、搾取《さくしゅ》する人間のほうだった。それが台頭する武士と抗い、敗れたのも我が一族だ。そのために自分は憎にさせられた。その末路が罪人という汚名を浴びせられての越後行きだ。

「そうおもわんか」

※知行国…古代・中世の日本において、有力貴族・寺社・武家が特定の国の知行権（国務権・吏務ともいう）を獲得し収益を得た制度。
※座役…中世、商工業者の座に対して、幕府・領主などの本所が課した課役。

直助は追い打ちをかけるように言った。実質的に力ある者が国を治め、善政を施す。そんな世の中がきたのかもしれない。都の公家たちはまだ前の世の風習の中にいるが、こうして都を離れてみると、時代も人の心も急速に変化している。拮抗《きっこう》していた力は、すでに武士たちに取って代わられた。乱れた世の中だ。野犬に食われる人間も数え切れないほど目にした。乳の出ない乳房を前に、泣き声さえ上げられない稚児が、次の日には道端に投げ捨てられているのも見た。犬を食らう者。子を売り飛ばす親。普段は立ち向かってくる野犬も、人間の姿を目にすると逆に怯えて逃げるようになった。みんな都の日常茶飯事のことだ。世の中の乱れは、人々の心の乱れを生んでいた。

「あなたのおっしゃる通りかもしれません」

「そうおもうか？」

直助は力強く問い返した。親鸞は頷いた。

「そうかんがえるあんたが、なぜこんな罰を受けようとしている？」

「わかりません」

「それでいいのか」

若者は目を見開いて尋ねた。

「わたしは、なにごとでも御仏に心身を委ねています」

親鸞が応じると、直助は一瞬だけ頬を引き攣《つ》らせた。そこに、変な男だ、という感情が表れていた。

「どういうふうに？」

「ただ南無阿弥陀仏と称《とな》えればいいのです」

「それだけか」

親鸞は大きく頷き返した。

「浄土には、わたしたちを救ってくれる阿弥陀様がおられます。ただその御仏にお縋《すが》りすればいいのです」

直助は今朝もこの僧が早く起き、静かに念仏を称えている姿を見た。彼は腹の底から聞こえてくる念仏に、耳を傾けていた。念仏の重い声が、直助の心を捉えて離さなかったのだ。自分たちの称える念仏とは違う。低く重い声だが広がりがある。朝の静寂な空気の中をどこまでも流れていた。

直助はそれが終わるまで身を動かすことができずにいた。本当はもっと名のある僧ではないのか。悪行の果てにかろうじて罪を免れてここにいるが、上辺は何一つとして動揺を見せない。それが虚勢にも見えない。このおれと接する時でも自然体なのだ。どこからそんな余裕が生まれてくる？　まだ若いがよほどの僧ではないのか。

直助は舟を漕ぎながらも注意深く盗み見をしていた。毅然《きぜん》としているが、やさしい眼差しを持っている。目が尖ることも、いきり立つこともない。海に落ちる陽のように柔らかい。

その目を向けられると、心の内側まで見つめられている気がする。それを直助は不思議におもっていた。昨日も船出をしようと艀《はしけ》まで行くと、橋の袂《たもと》に腹を空かしている童女がいた。この僧は、通りすがりにその姿を目にすると立ち止まった。

童女の痩せた頬には乾いた涙の痕があった。ひもじいのか、か細い手を差し伸べ、なにかを恵んでくれと見つめ返した。僧は腰を落とし、自分が持っていた握り飯を渡した。童女は今し方までのあわれっぽい表情を一変させ、それをひったくるように取り、走り出した。

彼女が逃げた先には、母親が、小屋のそばに隠れていた。我が子を気忙《きぜわ》しく手招きし、彼女がやってくると持っていた握り飯を頰張った。娘は母親が口一杯に頰張るのを、細い喉を鳴らして見上げていた。僧が近づいても、もう食べ終わったのか、飯粒がついた口元を吊り上げ、挑戦的な目を向けた。

娘は怯えて母親の背後に隠れ睨んでいた。僧は彼女の膝元に屈み、背後に隠れている童女にもう一つ握り飯を持たせた。母親がそれも取り上げようとした。

すると、この僧は童女を抱え上げ庇《かば》った。握り飯を小さな手に持った彼女は、母親に窺《うかが》いを立てるように見つめたままだった。僧が童女に食べるように促すと、彼女は目に涙を膨らませ食った。

恵んでもらう僧はいても、恵んでやる僧はいるのか。直助は親鸞のやりとりを眺めていた。童女は泣きながら握り飯を頰張っている。人間は哀しい時に泣く。嬉しい時に笑う。だが心底、嬉しければ感極まって泣く。童女にはこの僧の慈悲が心に届いているのだ。

「おいしかったかい？」

彼女はよほど腹が空いていたのか、指先に付いた飯粒も舐めるように口に入れていた。親鸞が声をかけると、生えかけの前歯を見せた。

そばでは母親が見入っていた。彼女もまた涙を溜めていた。それから親鸞を拝むように汚れた両手を合わせた。彼はその場を立ち去ったが、親子は、親鸞の後ろ姿をじっと見送っていた。

直助はその光景を見て、この若い僧はただ者ではないという感慨を抱いた。一体どんな咎《とが》を受けて越後まで下ろうとしているのか。目は口ほどにものを言うというが、この若い僧には欲が見えない。人に対する侮りも見えない。

届いてくる目の光りが柔和なのだ。本当にこの男は悪僧なのか。あんな乞食に、手を伸べる者は直江浦にもいないし、この広い越後にも見当たらない。誰もが生きていくだけで精一杯なのだ。

もし似たような人間がいるとすれば、三善為教《ためのり》がいるが、あの男の目の色とは明らかに違う。為教の目は作為的で、いつも打算が見え隠れする。

そのことに気づいていても、搾取《さくしゅ》されるものが少ないほうに付くのも、百姓の生きる道だ。それに三善為教は同じ出だ。若い頃に年貢米《ねんぐ》を誤魔化した。仲間を募って夜襲をかけ、都へ運ぶ物も略奪した。自分たちで開墾した土地は隠し、その収穫を自分の物とした。都から赴任してきた者には、袖の下を膨らませてやった。知恵があり、如才《じょさい》のない男だ。なりふりかまわない乱暴さもあった。

その彼の心の根底にあるものは、怒りであり哀しみであった。怒りは搾取される憤りであり、哀しみはそれに抵抗した男親が、見せしめのために惨殺されたことでもあった。母親は凌辱《りょうじょく》された。一家は離散し、幼かった三善為教はいつも腹を空かし、村を徘徊していた。

木の実が色づけば、それを食った。海に潜れるようになれば魚や貝を食った。彼が多少の危害を加えても、村人たちは父親を殺してしまったという負い目から、見て見ぬ振りをした。

三善為教は成長すると、もっと大きな権力に抗いだした。だが巧妙だった。村人の財産は決して奪わなかったし、隠れて開墾した土地からの税は徴収しなかった。

その分、彼らの生活は潤い、目の前の生活の向上には目を瞑《つむ》った。三善もまた田畑を増やし、今日の地位を得たが、悪く言う者は少ない。それどころか彼を受け入れたのだ。

三善為教《ためのり》は味方だ、自分たちを第一にかんがえてくれるのも、同じ土地の人間だからだという思い込みが、今の地位に押し上げた。

直にこのあたり一帯の土地は、公家の手から彼の物になるだろう。あの男はその伏線も引いているし、百姓たちも手懐《てなづ》けている。下人にも開墾を許してしまうほどだ。そうはいかないという者が出たとしても、敵《かな》う者はいない。すでに土地の人間の心を摑んでいるのだ。

それに善政を施している。関川の灌漑《かんがい》にも着手し、そこにできた農地も開放した。舟運も盛んになり、舟子たちも彼を讃えた。関川と支流の八代川が交わる老津には、多くの宿ができ賑わった。もう悪態をつく者も少ない。それどころか賞賛する者のほうが増えた。

彼は灌漑をうまく施した者が、力をつけるということを知っていた。湿地帯や丘陵を開発し、肥沃な土地を作り、穀物や作物を育てる。やがては商いも増し、人の出入りも多くなる。人が集まれば金も落ちる。座役《ざやく》は薄く広く徴収すればいいのだ。

彼の力は二十年の間に揺るぎのないものになった。それでも決して油断はしなかったし、誰よりも上昇志向が強かった。そのためにはどんなことも厭《いと》わなかった。策略も巡らせた。都や鎌倉との関係も怠りなかった。また月に何度かは定期的に情報も入れさせて、細心の注意を払って生きた。

猜疑心は益々強くなったが、そのくらいやらなければ、いずれ取って変わられる。人に柔和な顔を見せるのもそのためだったし、こどもたちを可愛がるのも、親の目を気にしてのことだ。彼の立場は日に日に強固になったが、心には絶えずさざ波が立ち続けていた。

小舟は流れに乗って北上している。直助は物静かな親鸞の表情を盗み見して、つい三善為教と比べてぼんやりとしてしまった。ひょっとしたらこの僧なら、もっと自分たちのことをいい方向に導いてくれるのではないか。

三善為教が悪いわけではない。現に自分もあの男のようになりたいと願っている。いいように触れ回ってもいるのだ。村人は以前よりも豊かになったし、あちこちに出入りする舟子たちのお陰で、よその国の情勢や文化も知ることができるようになった。直助自身もその影響を受け舟子になったのだ。

三善為教《ためのり》は目の前にいる僧とは違い、自分たちみたいな身分の低い者にも、温かい目を向けてくれてはいるが、醸し出す雰囲気までやさしくないのだ。懐に飛び込めない。拒絶する空気があるのだ。

それをこの僧にはかんじない。反対に包み込んでくれる柔らかさがある。先刻の母娘も、その琴線に触れたから、涙を零《こぼ》し自然と手を合わせたのだ。見ていたこちらも、おもわず同じことをやりそうになった。それを思い留めたのは、この僧が罪人だと知っていたからだ。

「昨日はいいことをしたさ」

潮の流れに任せて、櫓を漕ぐ手を止めた直助が親鸞に言った。自分でも気づかないうちに、相手に配慮する言葉遣いになっている。その声が風に流されて聞こえないのか、親鸞は遠い海原を見つめていた。

「どうして恵む気になった？　ああいった者は、どこかしこにもおる」

直助に顔を向けた親鸞は都のことを思い浮かべた。痩せ衰え、飢えに苦しむ者たちが都中に溢れていた。死する者にも、誰も目を向けようとはしない。盗みも強奪も当たり前の光景だった。流行る疫病に死人の山を埋めたこともある。

親鸞はその光景を頸城《くびき》郡で見て、おもわず蘇らせたのだ。吉水で上人たちと毎日のように施しを与えた。それで彼らが少しでも生きる力を得ればいいし、死に行く者であれば、あの世への旅立ちの腹足しとおもえばいい。

親鸞はその時のことを思い出し、彼女たちにあの握り飯を渡したのだ。稚児は旨そうに食っていたが憐れでならない。いつまでも続く内乱で、自分だけが良ければという風潮は、これ以上ないというまでに蔓延している。

魚も頭が腐れば尻尾も腐るの例え通り、貴族や公家たちの心の乱れが、世の中に疲弊と混乱を招いた。時代が源氏の世になってもだ。

この腐敗と悪臭が取り除かれる時代は、なかなかやってこない。いつの時代も、その被害を最大に受ける者が力のない婦女子たちだ。強者が弱者の屍《しかばね》を踏み台にして、生きて行くのが今の時代だ。世は仏陀が入滅して、五百年が正法《しょうぼう》※、二千年が像法《ぞうほう》※、その後は末法《まっぽう》※の時代になり、世の中が乱れるというが、今が正にその時代だ。

「当然のことをしたまでのことです」

「いつもやっているのか」

ええ、と親鸞は平然と言った。それから遠くの島影を見て、なんでしょう？　と訊いた。

「佐渡だ」

親鸞は海の彼方に細長く浮かぶ島を見た。佐渡島はあんなに近いのか。

「天気のいい日にはいつでも見える」

あの島も古代から流人の島だ。今の自分の心境と同じ者が、幾多もあの島で死に絶えた。今回も行空《ぎょうくう》法《ほう》本房《ほんぼう》※が流されたのだ。

「行空法本房はどうなされたのだろう」

親鸞は島をじっと見つめていた。

「すでに佐渡へ発った」

「行かれたことがありますか」

親鸞は陽射しに目を細めて、もう一度島を眺めた。

「大きな島だ。何度かはある。倭島くらいあるんじゃないか。断崖絶壁の多い島だ。波も高いし、桃花島※が繁殖してたくさんおる」

「都の河原にも、鳰《にお》の海にもたくさんおりました」

親鸞の脳裏に、純白の大きな鳥が羽を広げている姿が見えた。ふと彼は都が懐かしくなった。その白い羽が玉日《たまひ》の温かい肌と重なったのだ。

「直江浦にも多くいるが、あの島にいる数は大変なものだ。島全体が鳥の巣のようだ」

※正法…正しい修行によって悟りが得られる時代。仏滅後五百年または千年の間。
※像法…正法の次の千年間。教法・修行は行われて正法時に似るが、悟りが得られなくなった時代。
※末法…仏法の行われる時期を三つに分けた三時のうち、最後の退廃期。教えが説かれるだけで修行する者もなく、悟りを開く者のいない時期
※行空法本房…法然の高弟となった後、『一年往生義』を説き、専修念仏の普及に大きな役割を果たした。
※桃花島…朱鷺のこと、コウノトリ目トキ科。

直助は親鸞を驚かすように大仰に言った。いろんな水鳥は虫を取ってくれるし、糞は肥しにもなるとも言った。

「詳しいんですね」

「舟に乗ってあちこちに行くから、人よりは少しは物知りになる」

直助は鼻翼をひくつかせた。

「どちらまで？」

「北は秋田郡。南は因幡国の汗入郡《あせりのこおり》※まで行ったことがある。この国はびっくりするくらい広い。もっと先には蝦夷《えぞ》地があるし、薩摩《さつま》国もある。この海をずっと行けばある」

「海はそんなにあるんですか」

「宋にも天竺《てんじく》にも続いておるのは、あんたのほうが知っておるんじゃないか」

確かにそのことは知っている。それは知識としてだけのことだ。こうして何日も舟に揺られていると、海の想像もつかない広さをかんじる。

「一体どこまで続いておるんでしょうな」

「わしにもわからん」

「いろいろなところを見たあなたが羨ましい」

親鸞は率直に応えた。書物や徳のある僧にそのことを聞いても、所詮《しょせん》は知識だけのことだ。櫓《ろ》を漕ぐ男のほうが、本当は様々なことを知っているのかもしれない。

違うのは日々の暮らしに埋没されて、深くかんがえないことだろう。またそうする必要もないのかもしれない。生きていければいい。ただそれだけのことかもしれない。悟りを開こうと飽くなき追求をしても、こうして都を追われる身となっては、なんの悟りがあるのか。

「いいことばかりじゃあない。多くのことを見るということは、見たくもないことも見るということだ。さっきのこともそうだ。はじめは嫌なものを見たとかんじたが、あんたの振る舞いで、いい光景に変わった」

「いいことも悪いことも、順ぐりになっているということですな」

「そういうことだ」

※汗入郡…伯耆国《ほうきのくに》にかつて存在した郡。現在の大山町、旧淀江町（現米子市）などの諸説がある。

「よく物が見えておられる」

「あんたにそう言われたら、面映ゆくなってしまう」

直助は満更でもないという表情で、目元に笑みを走らせた。それから再び海の水を舐めてみろ、と顎をしゃくり促した。急に顔つきが変わった。

ついにきたか。今までの軽口もこちらを安心させる手立てだ。相手の目にもこちらの目にも、冗談を言い合っても探り合う光があった。親鸞はずっとそう思い込んで接していた。その時がきたということか。

親鸞は山中幸秀を見た。相手は膝元に刀を置いたまま、まだ目を閉じている。浅黒い顔に、海面から反射した光がちらちらと揺れている。この屈強な男に命を奪われてもしかたがないが、やはりまだこの世に未練がある。それは玉日《たまひ》や範意《のりむね》ができてから、尚更にそうかんじるようになった。

家族の族という文字は、弱い人間が集まり群がって生きる、ということだ。それが少しずつ広まって、親族、一族となっていく。九歳で叡山に入り、そんなことと無縁なところで生きてきた。常に孤独だった。それを撥《は》ね退《の》けるためにも不断念仏を称《とな》えてきた。そのことによって心は平静になった。それどころか阿弥陀仏の笑みが見え、温かく包んで心を満たしてくれるのだ。

念仏を称えれば称えるほど、その御仏の心が、我が身の孤独を氷解させてくれるのだ。母親の温もりにもおもえたし、父親の凛とした姿に憧れる感情にも似ていた。その両方を知らないのだ。

深い孤独を知った者は厳しくものを見るというが、自分はそういう生き方をしてきたではないか。それが上人と出会うことで癒された。そして玉日と一緒になったことで、心はもっと和んだ。

孤独の孤という文字は親のいない孤児、独はこどものいない年寄りを意味する。そんな人間は都に溢れていた。腹を空かし、死んだ母親の乳房を吸う稚児、子を亡くし、声もなく泣く親。都は孤独な人間たちの坩堝《るつぼ》だ。それはひょっとしたら上人にも言えることだ。孤独ということを誰よりも知っておられたはずだ。

孤独ということは淋しいということだ。それは上人だけではなく、自分とて同じことだ。その坩堝の中の一人だったのだ。生きることも死ぬということも、もう悟っているつもりでいたが、玉日《たまひ》や範意《のりむね》のことをおもうと心が乱れる。淋しさを忘れるのだ。

そのことを知っていて、上人は妻帯を勧めたのではないか。上人の真剣な表情を見て、どういうことか理解できなかった。だが上人は本気だった。許してもらえなかった。

あの方は自らの妻帯や肉食は禁じたが、弟子たちには無碍《むげ》に禁じなかった。彼らはそのことを勘違いし、野放図に生きる者もいた。自分は彼らのように多くの女性には溺れなかったが、美しい玉日に溺れたのは事実だ。知らなかった家庭の味も覚えたし、女人のきめ細かい配慮も知った。配慮とはやさしさのことだ。

その上、こちらを敬愛し立ててくれた。そのお陰で、男というものがどういう性格なのかということも知らされた。女人のほうが生きる強さを持っているのではないか。そのことは範意が生まれて気づかされた。

犬や猫といった動物が、我が子を慈しむのと変わりはしない。女人は五障三従《ごしょうさんしょう》と言い、汚くて、不浄で、嫉妬や悪口も言う。だから梵天王《ぼんてんおう》や帝釈天《たいしゃくてん》、魔王や仏陀などにはなれないし、幼い時には父親に、嫁げば夫に、老いては子に従わねばならない。不条理な戒めだが、その不浄な女人を抱き、こどもを生ませた自分は、もっと不浄ではないのか。

上人が言うように、誰よりも不浄で、女人以下になってしまったのだ。一人の女性を持つだけで、そこから自分の知らない一つの世界が生まれた。こどもを持てば、そこからも知らない世界が見えた。妻帯し、子を持つということは、新しい世界が広るということだ。

それに、亡くなった親の気持ちがわかるようになった。彼らがなぜ自分を叡山に上げたかということにも気づかされた。子をおもう気持ちと、親をおもう気持ちは違うのだ。彼らの心の痛みが見えてきたし、都の人々が苦しみもがきながらも、子を育てる気持ちも心に届くようになった。

玉日は心穏やかで、自分にもこどもにも菩薩《ぼさつ》のように接してくれた。その玉日は、今、病に伏している。それを見て範意まで一緒に泣いていた。共に越後に行くと懇願したが、月輪殿《つきのわどの》は反対した。もう会うこともない別れだとかんがえると、親鸞まで涙が零《こぼ》れた。

あの時ほど玉日と息子を愛おしいとかんじたことはない。逆に三人で共に都を離れれば、みな命を失うことにもなりかねない。親鸞は親として夫として、そのことだけは避けたかった。彼女たちにはなんの罪もないのだ。

彼はそこまで思案して、月輪殿《つきのわどの》の気持ちがを知った。それは自分が叔父の日野範綱に連れられて、青蓮院の慈円の元で得度《とくど》したが、その時の範綱の気持ちと同じだと気づかされた。

山を登る時の心細さは今でも忘れられない。引きつるような野鳥の鳴き声、木々の軋む音、幼い彼には、地獄に連れて行かれるのではないかという恐怖があった。大人の僧たちに交じってのつらい修業。振り払っても執拗にやってくる藪蚊《やぶか》。真冬のあかぎれとしもやけ。こんな修行がなんの役に立つのだという迷いもあった。しかし自分はここでしか生きていけないのだと知ると、耐えることもできた。父親や一族の不運で、こどもの頃からずっと生と死の狭間《はざま》を生きてきたのだ。

叡山に上がったのもそうだし、兄弟がみな僧にさせられたのもそのためだ。命を救おうとする一族の力が、今日まで自分を生き延びさせてくれたのだ。

それにもう何千人という人間が死んで行くのを目のあたりにした。稚児《ちご》も老人もみな草木が萎れるように死んだ。彼らは生きることを熱望していたが死んだ。これ以上の哀しさがあるだろうか。

末法《まっぽう》の時代を儚《はかな》み、自ら命を絶った者も数え切れないほどいる。彼らさえ、笑いながら浄土に行った者は一人としていない。生きたいと願う気持ちが、逆に浄土に向かわせているのだ。死んで生きたいのではない。それが証拠にみな苦しんで死んだではないか。

泣きながら投身した者もいるが、直にもがき苦しみ最後は死ぬのを恐がっていた。苦しんで死ぬ先に本当に浄土はあるのか。

そしてもし専修念仏が悪いというなら、あの叡山にいる人間たちはどうなる？　生きる志も、悟りを開こうとする者も少ない。酒や女色に溺れ、地位や名誉に連綿とする。その身は煩悩《ぼんのう》の塊ではないか。

親鸞は舟の中でそんなことを潜考していた。それも自分の未練ではないかと何度も打ち消したが、そうした分だけ、また新たに同じおもいが生まれてきた。彼は自分の濃密な半生を呼び寄せた。短い人生だったが、阿弥陀仏に縋《すが》ることによって、生きる手応えもあった。

弥陀の導きで上人にも玉日《たまひ》にも出会えた。息子まで生まれた。その息子が、今は、幼かった自分と同じ運命に陥ろうとしている。あの無邪気な稚児《ちご》も、深い孤独の渕に追いやられてしまうのか。

義父の月輪殿《つきのわどの》は案ずるなと言ってくれたが、幼くして家族と離散する不安と孤独はよく知っている。それゆえに心が重いのだ。それも弥陀の導きというのだろうか。心が揺れ動くのは、まだ阿弥陀仏への信仰心が薄いからだろうが、自分が解脱《げだつ》※することなどできるのだろうか。

「どうした？」

直助が訊いた。

「ついいろんなことを思い出してしまいました」

「いい思い出か？　見る夢がある者はまだいい。わしなんか、苦労ばかりでいいことなんか一つもありはせん」

直助は怒ったように言った。

「あんたは坊さんだが、わしらの悩みなんかわからんだろ」

「わたしは二親の顔もよく憶えていません」

「本当か」

「こんなになってまでも嘘をついて、なにになります？」

「早く舐めてみろ。世間と同じ味がするわ」

直助は痺《しび》れを切らしたようにもう一度身を乗り出せと言った。親鸞が片側に体重をかければ舟は傾く。直助はそうならないように均衡を保とうとしていた。

親鸞は覚悟を決めた。こんな狭い舟で抗ったとしても、巨体と剣の達人に適うはずがない。またそうする気もない。

玉日や範意《のりむね》のことを思い出したのも、この世を去る感傷にすぎない。運命がよく似ている気がしたのだ。それにこれも自分の定命だ。後は浄土に行っても、一心に彼らの安寧を願うだけだ。

※解脱…悩みや迷いなど煩悩の束縛から解き放たれて、自由の境地に到達すること。悟ること。

大男の直助は身を乗り出した時に、大海に放り出すはずだ。たとえこの身が浮いたとして、法衣を纏《まと》い、泳げない自分が陸地に辿りつくことはない。

親鸞は心を決め、直助の言葉に従い群青色の海を見た。この巨獣のような男に手を下されるよりも、自分から飛び込もうとした。彼は顔色を失い、これが末期の水だという気持ちにもなり、小舟から上体を乗り出し、手のひらで海水を掬《すく》った。おもわず顔を顰《しか》めた。

「どうだ、しょっぱいだろ?」

相手は海水を口に含んだ親鸞を見下ろした。なにも危害を加えないではないか。彼は拍子抜けした。

「どうかしたのか」

直助は動揺した親鸞の表情を見て目元をゆるめた。

「まるで塩水だ」

「海だからだろ」

彼は親鸞の言い方がおもしろかったのか、声を上げた。それから顔色が優れないみたいだ、船酔いでもしたのかと言った。

「舟に乗った時からずっと気分が悪そうだった。わしがあんたを蹴落とすとでも、おもっておったのか」

見透かされているのか。親鸞は自分の動揺を恥じた。小心者の自分を嘲笑《あざわら》いたかった。

「わしが御坊を無事に送り届けるのが、三善様からのお達しだ。ご褒美も貰えるかもしれん。なあ、山中様」

一方ではもうなにも恐いものはないとかんがえているに、この体たらくだ。自分は玉《たま》日《ひ》や息子のことを隠れ蓑に、本心は生きたいと乞うているのではないか。その心の現れが表情や仕草に出ていたのではないか。

弥陀に近づきたい、上人のようになりたい、少しでも解脱《げだつ》しようと、誰にも負けないほど念仏を称《とな》えてきたが、この浅ましさだ。これでは上人を裁いた、あの煩悩まみれの後鳥羽院と同じではないか。

「塩水は飲めば飲むほど喉が渇く。それで余計に暑さもかんじる。海では決して飲んではいけん」

直助はまた櫓を上げ、遅い昼飯にするかと言い、自分の手でも摑《つか》み切れないほどの握り飯を取り出した。それから大きな口で食った。親鸞がその握り飯に驚いていると、黙って一個を差し出した。

「ほれ、食べろ。みんなあの親娘にやっただろうが。坊主でも腹は減る」

親鸞はようやく心が解《ほぐ》れた。この男は殺めようとする気持ちなどなかったのか。それなのに穿《うが》った見方をしてしまった。我が身の動揺が余計に怯えを誘ったのだ。

「わたしはもう僧でもありません」

「でも僧の姿はしている」

「非俗非僧の身です」

直助は太い首を傾げた。

「どちらでもないということは、どちらでもいいということではないんか」

「今は藤井善信という者です」

「それではわしらと同じということだな。それでは藤井様、一つわしの握り飯を食って下さらんか」

直助は目の前に再び突き出した。親鸞はまた躊躇《ためら》った。直助のように櫓《ろ》を漕ぐわけではないし、ただ小舟に乗っているだけだ。瞑想《めいそう》をするわけでもない。時折、目を瞑《つむ》るが、波間から姿を見せる飛び魚のように邪念が走るだけだ。

「お心遣いだけで、十分でございます」

「毒など入っておらん」

そう言って相手は握り飯をもう一度頬張った。

「ありがとうございます」

親鸞が応じると直助のごつい顔が綻《ほころ》んだ。

「美味《うま》い飯でござりますな」

飯を頬張り素直に応えた。

「この海の塩とこの飯があれば、いくらでも食える」

直助は山からのいい水で、越後の米はどこよりも美味いのだと自慢した。

「恵みの土地ですな」

「その代わり、冬は雪が多くて難渋する。もっともその雪が降るから水はいい」

直助は親鸞が自分の差し出した握り飯を食ってくれたことで、気分がよかった。心が通じた気にもなったし、自分も間接的ではあるが、あの親娘へお裾分けをやった気持ちにもなれた。

彼は舟を波任せにして、三人で握り飯を食った。腹を空かして食う飯は殊更にいい味がした。

「噛めば噛むほど美味さが腸《はらわた》に染みる」

親鸞が満足そうに目を細めると、直助は、越後は山深いところでもあると言い、黒姫山、戸隠山、斑尾山、飯綱山、そしてこの名香山《みょうこうさん》を合わせて、越の五山というのだと教えてくれた。

「ほれ、あの山が越の中山の名香山でございます」

直助は相手に非僧だと言われても、時折、つい丁寧な言葉遣いになるのがおかしかった。醸し出す雰囲気がやさしいのだ。それに達観しているようにも見えるのだ。この僧は本当に悪僧なのか。この数日間一緒にいて、その疑念が消えない。

直助は親鸞をまた盗み見したが、自分はすぐに人を信じる癖があると反省した。凪《なぎ》の海だって、日や季節によって変化するではないか。こっちに見破れない懐の深さをこの僧が持っていて、それを自分が見極めることができないだけなのではないか。

直助の親鸞に対する気持ちは、近づいては離れ、離れては近づく振り子のように揺れ動いていた。一体にこの男はどういう人間なのだ。

「美味しい握り飯でした」

親鸞は直助に向って両手を合わせ、頭を下げた。

「この海に小舟を浮かべて飯を食っていると、ああ、生きているなあという気持ちになる」

「それは贅沢な生き方ですなあ」

「やろうとおもえば誰でもできることだ」

親鸞は直助にそう言われて、虚を突かれたような気分になった。ひょっとしたら不断念仏をとなえている自分より、ただ大海に一人でぼんやりとしているこの男のほうが、悟りを開いているのではないか。

いかつい形相はしているが、笑うと目元が和らぎ稚児のように変わる。物怖じもしない。自分がかんじたことは遠慮せずに言葉にする。

元来が謹厚《きんこう》な人間なのかもしれないが、人に接する時も決して横柄ではない。それを自分が必要以上に意識し警戒していたのか。こちらがあの親娘に飯を渡す時でも、じっと温かい眼差しを向けていた。

「上人も立たれたのですかな」

親鸞は話題を変えた。やはり法然上人のことが気にかかる。

「もう歳だから難儀なことだろう」

「父とも弥陀ともおもっております」

「それは羨ましい」

直助の口端には、そんなものがいるのかという侮りが見えた。

「本当に浄土というところはあるのか。誰も行って戻った者はおらん」

「わたしにもわかりません」

親鸞が簡単に言い切ると、直助のほうが拍子抜けして見入った。

「わからないものをどうして信じる？」

「信じるからおられるのです」

直助はまたからかわれている気分になった。人を食ったような言い方だが、そうとも見えない。茶化されているような気にもなるが、時間が経つと、また誠実な人間におもえてくる。

不思議な人間だ。少なくとも、今まで自分が接してきた人物ではない。三善為教《ためのり》なら先だっての親娘に対しても、自分の握り飯を分け与えることはないだろう。自分の食う物があって、与える余分な物があれば、彼だってそうするに違いない。それだけの心はあの男にもある。だが見返りを望むような卑しさも見え隠れする。

いつか為教は、深い孤独に耐えた者こそが、物事に厳しい目を向けられると、自分の過酷な生い立ちを自慢したことがある。その言葉を思い出すと、この僧のほうがもっと苦難の中をかい潜ってきたような強さがある。一体どんな生き方をしてきたというのか。

「海の水がなければ人間は生きていけないし、取り過ぎると喉が渇き、死んでしまう」

直助は自分のかんがえをまた纏め切れずに、親鸞に話しかけた。

「恥ずかしい話ですが、わたしはさっきまで、そのうちあなたたちに亡き者にされると、ずっと身構えておりました」

親鸞は腹が膨れ、心も満たされた気分になったのか、思い切って切り出してみた。

「そんなことをかんがえていたのか」

直助はおもいもしなかったことなので驚いた。

「悟りどころか、我が身の煩悩《ぼんのう》の恐ろしさに震えておりました」

なんという僧なのだ。自分が知っている僧は、決して心の内を見せたことがないし、自分を大きく見せようと嘘もつく。なにもかも悟ったようなこの男が、怯え苦しんでいたとは。直助は相手の真意を知りたくて、真っすぐに見つめ直した。山中幸秀も目を開け見つめていた。

「では正直に申そう」

直助が引き締まった表情をつくった。

「こっちにはそういう気は毛頭ないし、暴れてもこの海だ。舟を漕ぐこともできない、泳ぐこともできないあんたが、勝てるはずがない。それに三善様によろしく頼むと言われている」

親鸞は改めて相手の丸太のような腕を見た。黒光りする腕は太い血管が盛り上がっていた。

「なんとも」

泳げないことまでも知っていたのか。この直助はなにもかも知っていたのだ。親鸞は自分の心の動きを見透かされている気分になった。

「それならもっと愉しい船旅になりましたのにな」

「ほら、あれが国府の建物だ」

一頻《ひとしき》り笑い合った後に、親鸞は近くを通ったかもめを見た。かもめは彼らの姿を目にすると、旋回し、二人を陸地へ道案内するかのように飛んで行った。

「越後も都ほどではないがいいところだ。きっと気に入る」

直助はそう言って、藤井様でしたなと訂正し、また出っ歯を見せた。

「愚禿僧《ぐとくそう》と呼んでくだされ。そのほうがわたしにはよく似合っております」

自分は未熟で愚かな人間なのだ。正に愚禿《ぐとく》※と呼ばれるのが似つかわしい。

「愚禿僧か。自らそんなことを言う僧侶は、はじめてだ」

親鸞は、体の底に沈殿していた重い感情が溶けていくようで心地よかった。これからは越後の愚禿僧として生きよう。人がなんと言おうと気にしない。ただ弥陀に縋《すが》ればいいのだ。それに妻子とさえこうして別れる身となったのだ。自分が愚禿でないはずがない。

「どうされた?」

直助が、だんだんと濃くなってくる陸地を目にして訊いた。

「大層な力でございますな」

「木にも石にも、そして海にも潮の目というものがある。それに沿って漕げば、どうということはない」

親鸞はそのことを聞いて、直助が理《ことわり》という言葉のことを言っているのだと解釈した。理の意味は、石工が硬い石に鑿《のみ》を当て、割ることだ。つまりは筋目を読むことでもあり、そこから転じて物事を正しく行うことや整えるという意味がある。

仏教では道理や義理、条理のことを表す。道理とは道徳や倫理のことであり、義理は礼節、条理は正道のことである。その筋目を見極めるのが理ということである。親鸞は直助がその道に長けていることを知った。

「立派なものですな」

「誰でもやっておればわかる」

直助は褒められたことが嬉しそうだったが、平然と応じた。

「たいしたものです」

「あんたのほうが、とっくに悟られておるでしょうが」

直助は自分が、この坊主に心を合わせようとしているのがおかしかった。

「わたしはまだなにも悟っておりません」

「正直にか」

「嘘は申しません」

「どのくらい修行をすればいい？」

※愚禿…僧が自分をへりくだっていう語。親鸞の自称。

どうでしょう、と親鸞は思案した。自分は、悟るなどと本気でかんがえているのかと自問してみた。

「それもわかりませぬな」

「あんたみたいな僧侶ははじめてだ」

「だから愚禿僧《ぐとくそう》でござります」

親鸞は、これも運命なのだ、なにがあっても阿弥陀仏の導きなのだ、そのことに身を任せるのだと、もう一度自分に強く言い聞かせた。

直助が浜に下り、小舟を陸地に引き寄せていた。丘の上に数人の男女が立っていたが、彼らが到着すると浜に下りてきた。

「お待ちしておりました」

親鸞が浜に上がると、三善為教《ためのり》が、御苦労さまでございました、と深々と頭を下げた。

「さぞかしお疲れでしょう。長旅ですからな」

「案外と愉しい船旅でした」

親鸞は直助に目を向けて応じた。

「それはようございました。直助、おまえは親鸞様と仲良くなったみたいだな。なによりだ」

人を見るに敏な為教が、その場の雰囲気を察して愉快そうに言った。

「わしはただ舟を漕いでいただけですから」

「この土地は雪が多く降りますが、豊かなところです。しばらくは疲れた体を休められ、静養されてくだされ。都のように雅なところではありませぬが、人間もいいし、食べ物も美味いところでございます。なんの遠慮もいりませぬ」

三善為教は親鸞のほうに改めて向き直り、親しみを込めて言った。親鸞は彼とは吉水で何度か顔を合わせた。いつも九条兼実《かねざね》の家人としてそばにいて、殊更に威厳を保とうと、周囲の者たちにきつい視線を投げかけていた。

上人が説教をやっても聞き流していた。まるで関心がない様子だった。しかしたまに思いつきを質問し、あたかも阿弥陀仏を信仰している振りをしていた。どこか信用できない胡乱《うろん》※な雰囲気を抱いていたが、周囲の者にはそのことを気づかれないように振る舞っていた。

上人はそんな三善為教《ためのり》にも、他の者と同様に接していたが、九条兼実《かねざね》は遠ざけていた。嫌っている九条に三善為教が無理に付いてきているように映った。

親鸞がそのことを思い出して見ていると、相手は笑みを残したまま、そばにいる家来と娘を紹介した。

「こちらがわたしの娘の朝でございます。こっちが郎党の田村光隆でございます」

為教が目配せすると、そばにいた男女が頭を下げた。親鸞は顔見知りの二人に、黙ってお辞儀をした。

二人は玉日《たまひ》のそばにいて、世話をする男女だった。親鸞は朝が三善為教の娘だとは知らなかった。それで驚きもしたのだが、今の自分は世俗の身なのだ。立場が違う。視線をずらすと田村光隆の目と出会った。隙のない目だ。親鸞はその視線も外した。

「朝とこの郎党はずっと都におりました」

為教は思わせぶりに言った。朝と光隆がまた小さくお辞儀を返した。

「玉日様にはお世話になりました」

「てっきりみなさんは、都におられるとおもっておりました」

親鸞はかんじたことをしゃべった。実際、彼らが玉日についていると安心していたのだ。三善為教がこの地にいるのはわかるとしても、二人までもが一緒だとはおもいもしなかった。

「あなた様をお迎えしようと、先回りしてきていたのです」

親鸞は為教の言うことが解せなかった。なぜ非僧非俗の自分を迎えにこなくてはならないのか。

「わざわざですか」

「親鸞様がここにお越しになるとわかった時からです。これからはここにおる者が世話をいたします」

「どうなるのですか」

親鸞は病弱な玉日のことを訊いた。彼女の病状は悪化し、別れる時にも伏したまま

※胡乱…不誠実なこと。胡散臭いこと。

だった。それに幼い息子はどうなる？　朝は二人を置いて都を離れ、なおかつ俗人となった自分の世話をするという。親鸞はそのことが理解できなかった。

「別の人間がお世話しておりまする」

為教《ためのり》は親鸞の微かな心のぶれを読み取り、気遣うように言った。

「なぜですか」

「実はこの娘も郎党もわたしの身内の者でございます。みなさまは九条兼実《かねざね》様の家人とおもわれていたようですが、そうではなく、わたしの家の者でした。そのことは公にしていなかったのですが、月輪殿《つきのわどの》に、この者たちにも都のしきたりを教えたくて頼んだものです。幸いこの娘も信仰心の篤《あつ》い者でして、玉日《たまひ》様にも気に入っていただきました。とっくに知っているものだとおもっておりました」

親鸞は玉日と仲がよかった朝を見た。その朝が自分の目の前にいる。玉日のそばにいてくれると安心していたので、為教が説明しても納得のいかない感情があった。

「この娘たちもそばにずっといたいと申していたのですが、あなた様もこちらにこられることになりましたし、地元の者がお世話をしたほうがいいとかんがえまして。玉日様にはたくさんの都の人がおられますから」

為教はそこまで説明して言葉をとめた。親鸞ももうその先はわかっていた。だから余計に、玉日やこどもが不憫にかんじられたのだ。

「その後、いかがですか」

朝が気遣うように訊いた。親鸞は床に伏している玉日の姿を想像した。血の気の薄い色白な表情をしていた。見つめる目にも力がなかった。そうさせた一因は自分にもあるが、この一年の間に様々なことが、彼女の身の上には起こりすぎた。

息子が生まれた喜びは束の間で、夫である自分は越後へきた。親である月輪殿は亡くなった。その上、自分の病気だ。心身が疲労してもしきれないほどの環境に置かれていた。

別れ際に涙した彼女の表情と、そばで無邪気に指をしゃぶっていたこどもの姿は、決して忘れることはない。

「またおそばに行きとうございます」

朝が訴えるように言った。これ、と為教が制した。彼女は恨めしそうな目を父親に向けた。

「いつまでも都にいられるわけではない。これからは親鸞様のそばにいて、お世話をするのだ。玉日《たまひ》様の夫であるし、九条殿の義理のご子息でもあるぞ。いわばわしたちの棟梁筋《とうりょうすじ》になられるお方だ」

「わかっております」

「ならば心をしっかりとして」

三善為教《ためのり》は言い含めるように告げた。

「おまえもそうだぞ。決して失礼があってはならぬ」

「わかっておりまする」

光隆は恭《うやうや》しく言ったが目はわらっていなかった。親鸞は、冷たい光が混じった視線に、ふとなぜだろうと疑念を持った。

この男は朝とともに、玉日の護衛や身の回りのことを世話していたが、いつも張り詰めた雰囲気を醸し出していた。人を殺めたのも一人や二人ではないだろう。穏やかに見せているが、時折、倨傲《きょごう》※な態度が見え隠れする。

そのことが都にいた時よりも顕著にかんじられる。自分たちの土地に戻っても、そんな態度が垣間見えるのはどうしてか。親鸞が目を逸らしても、粘質な視線が刺すように届いていた。

「玉日様以上にお世話しなければいけないぞ」

為教は改めて朝に言い含めた。確かによく見ると、彼女の目鼻立ちは三善為教に似ている。しかし彼には、豪放磊落《らいらく》に見えて慇懃《いんぎん》なところがある。物静かで、自分の立場を弁《わきま》えている彼女とでは、親子とはおもいにくかった。

そんな朝に玉日は心を許していた。歳も近く、よくお互いに相談もし合っていた。彼女たちの明るい声を聞いていると、親鸞は妻帯してよかったとおもう時もあったし、自分が幼い頃から味わったこともない家族の温もりがあった。その朝が越後にいるということに一抹の不安を抱いたが、今更どうできるものでもない。

病気の玉日のことをもっと聞きたかったが、そうできない硬い雰囲気があった。為教の陽気さの裏側になにかある気がして、彼の心は騒いだ。

※倨傲…おごり高ぶること。傲慢。

「親鸞様はわたしが誠心誠意お世話をいたします」

田村光隆が畏《かしこ》まって言った。下げた頭を上げた時に、また強い視線が向かってきた。世話をするというよりも、監視されるのだという意識が親鸞に生まれていた。

「なにもわかりません。お世話になるしかございませぬ」

自分はもう俎板《まないた》の上の鯉なのだ、じたばたする気は端からない。しかし本当にそうなのか。自分はあの直助と一緒だった時、常に身構えていたではないか。どこかに生への執着があるのではないか。それを隠すために、尚更にそう思い込もうとしているだけではないのか。

こうして陸に上がり自由になると、再び傲慢なかんがえが芽生えてくる。こんなに不断念仏を称《とな》えているのに、迷いは立ち去らない。それどころか汚れた川の泡《あぶく》みたいに、次から次と湧き上がってくるのだ。病気の玉日《たまひ》はどうしているのか。息子は元気でいるのか。彼女たちが不憫でしょうがなかった。

「朝もそうだぞ」

三善為教《ためのり》はそばの娘に言った。彼女はまた頷いた。

「親鸞様はこの越後では、なくてはならぬお方なのだ。きっと我々に徳のある説法をしてくださる。わしはこの方が、心を閉ざしている者や明日をも知れぬ運命の人間にも、別け隔てなく接してこられたことを、この目でしっかりと見ておる。そばにいた朝や光隆も知っておるだろうが」

「十分にわかっております」

田村光隆が言葉に力を込めた。

「この度はこういうことになったが、わしのお慕いする気持ちは微塵も変わりがない」

三善為教は自分の言葉に酔ったように言った。道端には漁民や農夫たちが集まり、親鸞たちの光景を見つめていた。為教は彼らに力を見せつけるように再び言い放った。

「ここにおられる親鸞様はまだお若いが、法然上人の許で最も信頼の篤い御坊だ。誰に対しても差別を行わず、公平に接する方だ。わしも見習わねばいけないとおもうておる。公明に公正に、公平に行わねば物事はなにも進まぬ。親鸞様の貧しい者や病弱な者に接した姿は、わしにも真似のできぬことであった。わしとは人間の質が違う。生きる力も違う。そのことがこの越後の民に、どれだけの恩恵と勇気を与えてくれるかもしれぬ。この土地にとっては、今日という日は天恵ともいうべき日だ」

三善為教《ためのり》は歌い上げるように声を上げ、親鸞に和んだ眼差しを向けた。だが光隆の視線はそうではなかった。冷たい光は残ったままだった。いつも獲物を狙っているような目だ。

人を信じず、自分だけを頼りに生きているという強い意思が見える。都でもあれだけ尖った視線を放つ者は知らない。親鸞はそうおもって視線をずらしたが、相手の粘りつく視線はまだ彼の目の端にあった。

「この越後にこられましたからには、なに不自由されることはありませぬ。わしになんなりと言ってくだされ。ここを生涯の地となされ、都と同じように生きてくだされ」

為教が歩き出すと村人が狭い道を開けた。直助も道の脇にいたが、親鸞と目が合うと弱い笑みを返してきた。ここではおれが、あんたのことを一番知っているぞという親近感の籠もった目だった。

親鸞は陸《おか》の上に立つと、もう一度、直助と一緒にやってきた日本海に目を向けた。遠くの海原から絶えず波が押し寄せている。まだ陽が残っている空と海の間を、二羽の白い海鳥が縺《もつ》れるように飛んでいた。

彼は再び玉日《たまひ》のことを思い出した。息子に乳首を吸わせる白肌の豊かな胸元が見えた。この子が大きくなるまで生きていたい。玉日のせつない声が鼓膜を打った。

親鸞はそうあればいいと願ったが、死に行く人間を何人も見た彼は、彼女の命がそうながくないことは知っていた。そしてなにもやってやれない自分が一層惨めにおもえた。

越後へ行く前の晩、玉日は肌を押し寄せ重なってきた。親鸞の下でか細い愉悦の声を洩らしていたが、この契りが最後だとおもうと、玉日の白い肢体を折れるほどに抱いた。

あの温もりがまだ体に残っている。もう会える日はあるまい。今度会う時はこちらが阿弥陀仏の元に行った時だろう。彼女と出会った日が、昨日のことのように思い出されてくる。

玉日とは吉水に行ったその日に遭った。親鸞が法然の前で、教えを乞いたいと頼んでいると、九条兼実《かねざね》と一緒にやってきた。顔を上げた親鸞の視線と出会うと、彼女は涼しい目元をゆるめた。百日の参籠《さんろう》を終えたばかりの彼は、頬がこけ、唇は乾燥し干からびていたが、窪んだ目の瞳は玉日《たまひ》の姿から離れなかった。

「あなた様はここに教えを乞いにきたのではないのかな」

法然がやさしい声で言い、皺が走った目尻を和らげた。

「失礼をいたしました」

親鸞は耳朶《じだ》が火照るのを意識した。

「若いということだけで羨《うらや》ましい。美しいおなごさんを見れば、あなたのような感情を表すのが自然のことですよ」

親鸞は自分の気持ちを見透かされ、一段と恥ずかしい気持ちになった。

「どちら様ですかな」

九条兼実《かねざね》が痩せて薄汚い親鸞を見下ろした。

「今頃の僧にしては、目に力がございますな」

「たった今、六角堂で百日苦行を行ってきた者でございます」

「誠か」

表情がゆるんでいた九条兼実の顔つきが厳しくなった。

「ふらつきながらやって参りました」

「名は？」

「範宴《はんねん》※と申します」

「どこからきた？」

「叡山を下りて参りました」

親鸞が途切れ途切れに言うと、兼実はそばの若僧に水を飲ませるように指図した。若僧が柄杓《ひしゃく》になみなみと入った水を差し出すと、親鸞は一気に飲みほした。

「旨いか」

「体の隅々までにしみ込むようでございます」

九条兼実は法然と目線を合わせた。実際、親鸞は乾き切っていた自分の体に、たった一杯の柄杓の水で生気が戻ってくる気がした。

「水は万物の元でございます」

※範宴…叡山修行時の親鸞の法名。

「正直でよいの」

「本当でございます」

「人間も食物が成る土地も、この水がなければ生きていけぬ。その土地も、公家や寺社から、武士に取って代わられようとしている。このながい幾多の政争もみなそのためだ。それで都には餓鬼《がき》や浮浪者が溢れておる。この世に嫌気がさして、望んで極楽浄土に行こうとする」

兼実《かねざね》は威圧するように言った。

「急ぐとも急がぬとも、みな往生に行きまする」

「お前はそうおもうか」

親鸞は強く頷いた。

「なぜそれがわかる?」

「聖徳太子様のお告げがありました」

「信じるのか」

「はい」

親鸞は相手を見つめ返した。

「妻子や家族よりもか」

「どちらもおりませぬ」

その言葉を聞いて、九条兼実はあわれそうな眼差しを向けた。

「貴族と武士の土地の奪い合いで、長い間乱世だったが、そのため都にはおまえのような人間が多すぎる。それで誰もが神仏に頼る。このわたしもそうかもしれぬ」

「それも運命でございます。それでもわたしには、阿弥陀仏も法然上人もついております」

親鸞は、再び法然にそばに置いてくれるように頼んだ。脇から玉日《たまひ》の視線が注がれているのを強く意識した。

法然の人望を慕い、公家の娘までもがこうして訪ねてきているのだ。なによりも太子が法然の元に行けと言ったのだ。間違いがあるはずがない。

「あなた一人くらい、寝泊まりをするところはあるでしょう。どうぞ自由に振舞ってください」

法然は親鸞に向って合掌し、そばの若僧に目配せした。若僧は親鸞を離れの部屋に連れて行った。

草庵の庭には餓鬼や年寄りたちが筵《むしろ》の上に横たわっていた。老人の胸は肋骨が数えられるほどに痩せていた。彼らはか細い声で手を合わせ、南無阿弥陀仏、南無阿弥陀仏と祈り続けていた。

「御仏の慈悲に縋《すが》っておる」

親鸞が立ち止まると、若僧が横柄な口調で言った。みな死の渕にいる。この中の多くの者が、直にあの世に行くだろう。またそうなることを、自ら願っているのだ。生きるも地獄、死ぬのも地獄なら、早く阿弥陀のそばに行きたい。世の中の人々が深い厭世観を抱いている。仏の言葉が誰の心にも届かないからだ。

南無阿弥陀という五文字に、法然は救いを求めているが、それは自分だって同じことだ。この言葉を称《とな》えていると、心が澄み、体が空っぽになり、解脱《げだつ》した気持ちになる。いや、あらゆる煩悩が消え解脱するのだ。

唇を乾かし、力なく低い声で唱え続ける彼らの表情は、じっと見れば苦渋の中にいるのではない。微かに笑みを浮かべている者もいるではないか。親鸞は彼らのそばに座った。彼らの饐《す》えた体臭が、鼻腔《びこう》に進入した。

「どうなされた？」

「わたしも縋りまする」

親鸞は座禅を組み、目を閉じた。

「お主はまだここの者ではあるまいが」

若僧の声が飛んだ。親鸞には聞こえなかった。百日参籠《さんろう》を果たした疲労は、すでに頂点に達していた。目を瞑れば睡魔が襲ってくる。このまま項垂《うなだ》れると、すぐに深い眠りがやってきそうだった。

「南無阿弥陀仏」

親鸞は目を瞑り称えた。弱弱しい声で称えていた老若男女の声の中に、太く、地の底から立ち上がってくる彼の念仏が、一本の柱となってあたりに響いた。低く美しい声だった。

するとその念仏に彼らの念仏が徐々に絡まって、うねりを帯びてきた。その声は中庭の空間から天を突き抜けるように、一層響き渡った。

「おい」

動揺した若僧が声を上げて制止したが、念仏はやむことがなかった。それどころかその声が、火に油を注いだように一段と高鳴った。

「お前はまだそんな身分ではない」

若僧は目を剝き怒っている。親鸞は、相手が身分と言った時だけ感情が揺らいだ。どんな身分なのだ。身分とはなんなのだ。阿弥陀仏に頼っている人間に、身分の上下などあるものか。

あの叡山でもそのことを嵩《かさ》にきて、傍若無人にやっていた者がたくさんいたではないか。人間は生まれによって、尊いのでも賤しいのでもあるまい。その人間の行いによって、賤しくも尊くもなるのだ。

善行を施すことによって、善生《ぜんしょう》を受け、悪行を為すことによって悪生《あくしょう》を受けるのではないのか。阿弥陀仏に、ただひたすらに恭順する者が善生を行っているのだ。この僧はそのことも知らずにここにいるのか。そういった輩が叡山に多くいたから、自分もそこを離れたのだ。法然上人だって同じだったはずだ。

親鸞は相手が若僧だと思い返し、気にしないことにした。そういうおもいを抱くだけでも、自分の修行の浅さを恥じた。あんなに百日参籠《さんろう》をやっても、まだ人を咎《とが》めようとする感情が生まれてくる。咎められなければならないのは自分のほうなのだ。

やがてなにごとかと朝がやってきた。中庭にいた数十人の痩せた老若男女が、親鸞を取り囲むようにして座り、一心不乱に念仏を称《とな》えていた。

朝は一瞬茫然としたが、直に庭先に出て座り、彼らと共に合唱し始めた。それを見た若僧は慌てて座禅を組み、念仏を唱和しだした。

彼らの念仏は終わることがなく、その声は澄んだ空に昇華していた。そのうち法然も九条兼実《かねざね》も、際限なく続く念仏に導かれて庭先にやってきた。

「太子の声に促されてきたというのは、本当のことですな」

兼実は親鸞を見入っている法然の横顔に視線を向けた。

「どうやら本物の菩薩《ぼさつ》が迷い込んできたようですな。上人の後を継ぐ者かもしれませんぞ」

法然は六十九歳だった。背筋も伸び、静かな表情をしていたが、白濁しはじめた目にはまだ力があった。

「おのれが悪人だとわかっている僧のようですな」

法然は兼実《かねざね》の言葉には応じず、そう答えた。

「どういうことでござる？」

「でなければあれだけ懸命には称《とな》えませぬ。悪人だとわかっているから、阿弥陀仏に縋《すが》ろうとしているのです。悪人と自覚している者のほうが、善人だと思い込んでいる者よりも、本願によって救われようとするものでござりまする」

「悪行をやってきた人間と？」

「誰しもそうだということを、あの僧はすでに気づいておりまする」

法然は自分以外に寄り添い合唱する老人たちを見て、親鸞が、すでに一角《ひとかど》の仏僧になっていることを知った。

まさに修行する菩薩《ぼさつ》だ。餓鬼たちよりも痩せている親鸞を見たが、彼の称える南無阿弥陀仏の声だけが、みんなの唱和から抜け出てきて法然の耳に届いた。あの朝の念仏も、いつもと違う張りのある声ではないか。

「わたしよりもですか。上人」

兼実が正直に問うた。法然が弱い笑みを浮かべると、女色、酒色に溺れたわたしに似ているのですか、と兼実はもう一度訊いた。

「見るものを見て、聞くものを聞いている者です」

「まだ若い、あの僧がですか」

法然の言葉に、兼実は改めて親鸞の姿に目を向けた。ただ痩せ細った、都のどこにでもいる僧ではないか。兼実はそうかんじたが、いや待てよ、とおもいを巡らせた。あの僧も上人と同じように、この自分を見ても顔色一つ変えなかった。それどころか挨拶もしなかった人間だ。そんな心に余裕のない男が、なぜ見えているものがあるというのか。

それとも自分は愚弄されたのか。そんな視線でもなかった。餓鬼を見る目と、こちらを見る目には区別がなかった。貪欲さも瞋恚《しんに》※もなく、すでに悟っているというのか。

※瞋恚…仏語。怒る心。憤ること。

「公明な目をしておりまする」

「それだけでござるか」

「公平、公正に生きております。あの僧を見た瞬間、それをかんじました」

「それがなんの役に立つというのでござるかな」

兼実《かねざね》は法然の言うことを怪訝《けげん》な面持ちで聞いた。

「公という文字は、両肘を上げている意味でござる」

「それがどうしたと?」

「肘を上げれば、人間、物を持つことができませぬ」

「当たり前のことではござらぬか」

兼実は法然がじっと親鸞を見ているのを知ると、込み上げかけた苦笑も萎《しぼ》んだ。法然の真剣な眼差しに、親鸞を侮る感情を読み取られた気がしたのだ。

「物を持つことができぬということは、貪欲ではないということでござる。瞋恚《しんに》の気持ちもないということになりまする。口業《くごう》※も意業《いごう》※も、とうに持っていないということになりまする」

「妄語、悪口、綺語も、あの若さで持たぬとな」

法然は兼実の言葉に頷いた。

「わたしと対極にある人間ではないか」

兼実はしかたなくにやついた。先ほどの芽生えた苦笑いとは違い、自分に向けた自嘲気味の笑みだった。

「私というのは、物を持つ貪欲な人間が、肘鉄を食らわす格好を表しております。この世はそんな人間で溢れてござる。強欲な人間ばかりが増えて、釈迦の言葉も届きませぬ」

「一体どんな世の中になってしまうのか」

兼実も溜め息を洩らした。

「だから阿弥陀仏にお縋《すが》りしているのです」

※口業…三業（身業・口業・意業のこと）の一つ。身・口・心による種々の行為。言葉が元で善悪の結果を招く行為。語業。
※意業…思慮し分別する心の働き。思念、思業。

「公家と武士の諍いも終ろうとせず、悪化の道を辿るだけだ。なぜこうも人は人を亡き者にしてまでも、争おうとするのかのう」

「もっと阿弥陀仏に帰伏すればいいのです」

法然は諭すように言った。阿弥陀仏の前では公も私すらもないのだ。ただ御仏の光《こう》背《はい》を受け、一切の衆生の救済を求めればいいのだ。それは阿弥陀仏のみによって、救済されるのだ。法然は親鸞の声によって、自分もおもわず念仏を称《とな》えた。

「土地も民も、天子様のためにあるという公地公民のかんがえも、近年はすっかり姿を消しました。この荒廃した世の中では、敬う者も少なく、このままでは武士の時代になるでしょうし、わたしだって、いつあの男に反旗をひるがえされるか、わからない」

兼実《かねざね》は背後にいる三善為教《ためのり》を見た。彼もまた称え続ける親鸞の姿に目を瞠っていた。

「すると上人の言葉を借りれば、我々みたいな公家の者は、欲を持ってはいけないのですな。なにもかも公明、公平、公正にしなかったつけが、今の世の中をつくっているということか。因果応報というわけですな。民が懸命に働いた物を、なにもせずに巻上げるというのは、貪欲の権化みたいなものですな。わたしはとても阿弥陀仏がおられる仏国土《ぶっこくど》※などには、行けそうにもありませんな」

「だからああして不断念仏を称え、誰もが浄土に行くのです」

「どんなところかのう。女色に明け暮れたわたしは行けるかのう」

兼実は不安な表情をした。

「行けぬ者は誰一人として、おりませぬ」

「あの者もか」

法然は九条兼実が視線を向けた三善為教を見た。

「同じでございます」

「ならば行きたくないのう。一緒におりたくはないわ。いつかはその武士に、なにもかも盗られてしまう気がする。それが公平ということにはならぬ気もするが。上人はどうおもわれる?」

※仏国土…諸仏それぞれの浄土のこと、仏国。仏土。また仏教が行われている国をさすこともある。

「土地は月輪殿《つきのわどの》たちの物ということでございます」

「それがそうではなくなってきている」

兼実《かねざね》はそばに歩いてくる三善為教の姿を見て、顔を背けた。法然は、ふとこの国も宋や元と同じように、もっと争いが増えるのではないかとおもった。鎌倉殿の世にはなったが末法《まっぽう》の時代だ。世の中がよくなることはないのではないか。

「それだからこそ、無明の現世をあまねく照らす阿弥陀仏に、お頼みするしかないのです。誰もが悩みます。後悔するのです。そのことから解放されるのが、浄土への道なのです。迷うということは、まだ欲があるということなのです」

「上人にはないと言われるのか」

「わたしにもございまする。だからこそ阿弥陀仏への不断念仏をかかさないのです」

「正直なお方だ」

兼実はようやく安心して快活な声を上げた。盗み聞きするように近くに寄ってきた為教《ためのり》も、二人の問答を聞き思案するふりをした。

親鸞たちの念仏は終わろうとせず、草庵の外にいた人間たちも集まり祈っていた。念仏はまた厚みを増し、草庵から竹林を抜けて、市中に流れ続けていた。

「それにしても、あの男にはわたしや為教と違って、それがないというのか。若いのに邪淫や殺生の身業《しんごう》※もないというのですか」

兼実は呻くように訊いた。たった一度だけ、それもほんのわずかな言葉を交わしただけの僧に、法然はなぜ確証を持った口振りで言えるのか。

「貴も賤もございませぬ。あるのは阿弥陀仏の前では、どういう人間でも、懸命に念仏を称《とな》えれば、等しく浄土へ導かれるということです」

法然はまた力強く言い切った。

「あの者たちがわたしで、わたしがあの者たちと一緒だということか」

「月輪殿には申し訳ございませぬが、その通りでございます」

法然がすかさず言うと、兼実の視線は、老いて薄汚れている老人の姿に向けられていた。あの呆けたような老人も、このわたしも仏国土《ぶっこくど》に行くというのか。彼は一瞬身震いするのを覚えたが、その震えを自ら抑えた。来生ではあの姿が自分で、老人がわ

※身業…三業の一つ。身体で表すすべての動作。

たしであるかもしれないのだ。

そうおもうと、彼もまた両手を合わせ、親鸞の煌《きら》びやかに聞こえる声に、添うように念仏を称えた。そして自分が、まだ貪欲の渕に佇んでいることが恥ずかしかった。

やがて法然もそこに座り祈り出すと、兼実《かねざね》も為教《ためのり》も念仏を発しはじめた。草庵から、彼の低い清音《せいおん》が流れ出すと、近くで囀っていた野鳥たちの声も消えた。一心となった彼らの念仏が、穏やかな風に乗って、改めて都の中心まで流れて行った。


陽が落ちるまで続いた念仏が終わると、親鸞は、もう精根尽きはてて立ち上がれなかった。若僧の力を借りて奥の部屋に横たわると、喉が痛み、声が掠れていた。

「大丈夫でございますか」

若僧の声は先刻までの尖ったものではなかった。その目には親鸞への畏敬《いけい》の眼差しがあった。

「上人様はどこで修業をなされたのですか」

「わたしは上人ではござらぬ。上人は法然様、ただお一人です」

若僧は、おもわず自分の口から突いて出てきた言葉に動揺したのか、まだ幼さが残るふっくらとした頬を染めた。

「忘れてはいけません」

「失礼いたしました」

相手は青々とした頭を見せて項垂《うなだ》れた。

「わたしも上人にお仕えすることを、願い出たばかりです」

「ではここで一緒にいられることになるのですか」

「まだわかりませぬ」

「わたしは真円と申します」

若僧は深々と頭を下げ、なにか用はないかと訊いた。親鸞は相手の言葉がもう聞こえないほど、重い疲労感に包まれていた。

「水をもう一杯所望できぬでしょうか」

親鸞が応じると、真円は急いで腰を上げた。器にたっぷりと入った水を持ってきた。

「そこの湧水のものです。吉水の水は旨うございまする。貯めていたものとは違いまする」

確かに先刻の水よりも旨かった。冷たい水が腸《はらわた》まで道筋をつくった。それを飲むと、真円の笑顔と出会った。それからまた席を外し、麦飯と香の物を持ってきた。

「お食べください」

親鸞は途端に空腹をかんじた。手を合わせ、いただきますと礼を言い、麦飯に水をかけ、そのまま口に掻き込んだ。

「不作法すぎますな」

彼は空腹に負けた自分にはにかんだ。

「みんながあなた様の念仏で、安らかにしておいでだ。ほれ」

真円は静穏《せいおん》な雰囲気の中にいる人々に顔を向けた。腹が充たされた親鸞は、彼の言葉を聞かないうちに、深い睡魔と疲労感に襲われてそのまま眠った。

親鸞は二夜眠り続けた。その間に同じ夢を何度も見続けていた。夢ではないのかもしれなかった。

彼は叡山を下りようとしていた。もう二度とこの山を登ることはないだろう。九歳から二十九歳のこの歳まで、不断念仏を称《とな》えてきたが得る物は少なかった。僧たちの貪欲さや色欲は、想像を絶するものがあった。どこに悟りを開こうとしている者がいるのか。願うのは栄達や出世のことばかりだ。口では高邁なことを言うが、あの山は現世利益を求める者で溢れていた。

「本当に叡山を下りるのか」

二十年近く修行を供にした先輩僧が、改めて訊いた。

「下りる」

親鸞は眼下の鳰《にお》の海を見て言った。淡海は凪《なぎ》だった。どんよりとした空の色を映して、湖面は白く濁っているように見えた。十九年間も、この湖を見下ろして暮らしてきたのだ。季節ごと、日ごとに、湖が表情を変えるのも知りつくしていた。そこを去る淋しさは、親鸞が一番かんじていた。

「どうしてもか」

相手の言葉に無言で頷いた。もう決心したのだ。それもおもいつきではない。眠れない夜を幾夜も過ごし、ようやく覚悟を決めたのだ。幼い時分から今日まで、この山で人生を送ってきた。誰にも負けないくらい精進もしてきたつもりだ。

それこそ日々増してくる虚しさはなんなのだ。自分はこの空虚さを知るために、叡山に上がったのではない。御仏に仕える身として修業をしてきたが、こんな感情を得るために生きてきたのではない。

「わたしは教信のようになりたいのです」

「あの沙弥教信《しゃみきょうしん》※か」

「叶いませぬか」

親鸞は僧に問うような視線を投げた。

「未だ正式の僧ではないというのか。沙弥範宴《はんねん》というわけか」

「ずっとわたしは少年僧でございまする」

「野口に行くつもりか」

加古駅《かこのうまや》には教信の草庵がある。

「まず太子様の御堂に行こうとおもっております。太子様こそがこの日本の教主様、釈迦でございますから。そこからおもえば、わたしなどはいつまで経っても沙弥にすぎませぬ」

「沙弥教信、阿弥陀丸様のようにか」

相手の口元に弱い笑みが走った。

「おかしいでしょうか」

「わからん。自分から非僧非俗になろうとする、お前の気持ちもまたわからん」

「栄達などこの叡山で望んでおりませぬ。わたしもまた救われたいのです。教信様が興福寺を出た時と、今とは少しも変わっておらぬではありませぬか」

「沙弥教信のように、南無阿弥陀仏と口誦念仏《こうしょうねんぶつ》を称《とな》えながら、諸国を歩くというのか」

「それでもよいとおもうておりまする」

「その先になにがある?」

「なにもないかもしれませぬ。ですが、御仏の国には行ける気がいたします」

親鸞は静かに言った。

※沙弥教信…絶えず「南無阿弥陀仏」の六文字を口誦して、称名念仏の創始者といわれる。

「あるかのう?」

「南無阿弥陀仏を称名《しょうみょう》※すれば、このわたしでも救われるのです」

「ではこの叡山でもいいではないか」

親鸞はそう言われて言葉に詰まった。この山には、教信が興福寺で見た貴族仏教と同じ頽廃があるではないか。誰もが知っていることだ。

すでに修行の場でもない。仏典を自分の生きる糧にし、都合のいいように解釈している。都に下りては女人を漁り、酒色に溺れる。そのための金を商人や民から巻き上げる。

そしてこの自分も、慈円様と別れた夜に同じ悪業を犯したのだ。この懊悩《おうのう》を、誰がわかってくれるというのか。これ以上ここは自分がいる場所ではない。いてはいけない山なのだ。いればいるだけ、懊悩の海に押しつぶされそうになる。この悪業を行うために、叡山に上がったのではないのだ。

それに十年前、親鸞が磯長《しなが》の太子廟で三日間の参籠《さんろう》をした時、その太子に、自分の命は後十年という夢告を受けたのだ。あのお告げが今も脳裏にこびりついている。それも確かめねばならぬ。死なねばならない悪業を犯した者が、どんな業火《ごうか》を受けても罪は消えることはない。その業火によって、我が身が屍《しかばね》となることを太子様はとっくにわかっておられたのだ。

「なぜそう急ぐ？」

親鸞の切羽詰まった表情を見て、相手はまた問うた。

「時間がないのです」

「なんのじゃ？」

「わたしのです。もし可能な時間があれば、教信様のように生き直したいと願っているのです」

僧は理解できないというふうに、親鸞の顔を見つめた。それから問答にもなっておらぬと太い首を傾げた。

「わたしの身の内に、この叡山の闇より深い闇が広がっているのです」

「ならば都に下りて、女族の中で愉しめばいいではないか。地獄で地蔵菩薩《ぼさつ》がお助け

※称名…仏を心中に念じ、その名を声に出して唱えること。

してくれるように、拙僧たちにも女人の御加護がある」

親鸞はその言葉を聞いて、体の血が熱く滾《たぎ》り、逆流するような怒りを覚えた。それは目の前にいる僧にではなく、我が身に対してのことだった。鼻腔に白粉の匂いがまといついてきた。

磯長《しなが》の廟《びょう》で太子に夢告を受けて以来、親鸞の心は晴れることがなかった。澄んだ淡海を見ても濁っている。野鳥が心地よさそうに鳴いて、木々の間を通り抜けても、彼には淋しい声に聞こえた。

自分の命は後数年なのだ。短い区切りがある。それも敬愛し、慕う太子様のお告げなのだ。三日三晩、全身全霊を込めて祈願した末に、この国の教主が告げられたのだ。間違うことはないし、抗うこともできない。あれから自分はずっと迷いの中にいる。

その迷いは精進すればするほど、泡のように湧き上がってくる。悩み続けているということは、心とは裏腹に死が怖いのだ。

不安に呻吟し、そこから逃れるために、ただ念仏を称《とな》えているだけではないのか。その懊悩《おうのう》に自我を忘れ都に下りた。慈円和尚を訪ね、苦悩を打ち明けた。

「いくつになられた？」

「二十六にござります」

「あれから十七年になられるか」

九歳の時、親鸞は、慈円の元で得度《とくど》を受けた。以来、折にふれ目をかけてもらっている。

「なにを怖れておる？　美しいおなごを見れば、あなたのような感情を表すのが自然のことですよ」

「怖れなど叡山の霊気に鎮めてもらいました」

親鸞は目を逸らし、虚勢を張った。

「それはなにより」

慈円は親鸞の言葉に自分の言葉を合わせたが、じっと見据えていた。

「なにも見えぬのでございます」

「どういうことであるかな」

「御仏に日々お縋《すが》りしているのに、心の霧が晴れませせぬ」

慈円は、ほほぉーと愛想をくずした。

「どんな霧でござるかな」

「黒く重い霧でございます。叡山の霧はやがては消えますが、わたしの霧は消えませぬ。月日とともに重く、厚くなるばかりです」

親鸞は親ともおもう慈円に、素直に答えた。

「晴れるまで待てばいいのだ」

「いつまででしょうか」

「わしにもわからぬ。わからぬとても、いいものもある。あるがままに生きればいいのだ。明日のことは誰にも見えぬ」

慈円はやさしい口調で言った。

「慈円様にもですか」

「見えぬものは見えぬ」

「それでいいのですか」

「いいかどうかも、わからぬ。わからんから、こうして御仏に帰順しておる」

「それでよろしいのですか」

親鸞は疑心暗鬼になった。

「そうおもうしかなかろう。御仏は浄土にもいるが、我が胸の内にもいる」

「太子様は、なぜわたしにああいったことを申されたのでしょう。わたしには時間がないのです」

「もしそうだとたら、その時間を浄土に持って行けばよかろう」

慈円は諭したり、突き放したりして、親鸞の心を鎮めようとした。

「早く浄土へ行けということでございましょうか」

「それもわしにはわからぬ。お前にお告げをしたのだから、太子様も、なにかをおかんがえになっているのだろう」

親鸞は自分が疑問におもっていることを、いつも慈円に問いかけた。はっきりとした言葉が戻ってくることは少なかったが、彼と接していると、その時は心が晴れた。

しかし心の底から解放されることはなかった。疑うな、信じろと慈円は言うが、信頼する高僧ですら、自分の心を解きほぐしてくれることはなかった。

親鸞は申し訳ないという気持ちと、身の内で絶えず葛藤する感情に、頭もはち切れそうだった。我が身一人の懊悩《おうのう》を払い除けられなくて、なんの精進なのか。悟りなどというものが、この世においてあるというのか。ないとすれば、都中に蹲《うずくま》る餓鬼たちと同じように、早く極楽浄土に旅立ったほうがいいのではないのか。

人々の願望を充たし、苦難を救ってくれる太子様が間違ったことをおっしゃるはずがない。後はその教えに従えばいいだけのことか。だが自分はそのお告げから、逃げたいという気持ちがあるのだ。そんな自分が、人々に説法するということは、どういうことなのだ。そのこと事態が悪業ではないのか。

親鸞はそういう感情を抱いて都から戻っていた。足取りは重かった。空には夕焼けが広がっていた。

彼は被っていた蓑を上げ、このままでは山に上がるまでには、とっぷりと陽が暮れてしまうと案じていた。急いで歩きながらも、先刻までの慈円とのやりとりを、また反芻し続けた。

座主は自分の真剣な問いかけに、なにもわからないと言われた。修行を積み重ね、なにもかも見えているはずの高僧ですら、わからないものがあると正直に言われた。その足元にも及ばぬ自分は、一体どれだけの修行を行えばいいのか。

一生を修行だとおもえば、迷うことも少ないのかもしれないが、自分の命には限りがある。あんなに不断念仏を称《とな》えているのに、心が休まることがない。それどころか太子様の声が、一段と耳に聞こえてくるのだ。

自分の命が後十年で終わる時、浄らかな場所に行ける、だから本当の菩薩《ぼさつ》を深く信じろと言われた。

その言葉を信じて、女色に明け暮れる僧たちに目もくれず、ひたすら修行をしてきたつもりだ。慈円様も自分の修行が足らないとは言われなかった。

むしろ精進している姿を褒めてくださった。それなのにこの迷いはなんなのか。親鸞の心は乱れていた。叡山に戻る足が鎖をつけられたように重かった。

野鳥が夜の闇の中を、悲鳴のような鳴き声を上げて通りすぎていく。遠くから梟《ふくろう》の声も聞こえてくる。月の鈍い光が、わずかに夜道を照らしていた。

親鸞は自問を繰り返していた。かんがえればかんがえるほど、深い森のように闇が広がってくる。自分は、こんな懊悩《おうのう》を抱えるために叡山に上がってきたのか。

そして慈円は、別れ際、仰天するような話を耳打ちしてくれた。俄かに信じられない話で、言葉が出てこなかった。親鸞は表情が強張っているのを意識した。

「有範様も吉光女《きっこうにょ》様も、生きておりなさる」

慈円は人の目を気にして、帰り際にそっと教えてくれた。親鸞ははじめ、彼がなにを言っているのか、まったくわからなかった。気でも触れたのか。親鸞が見入っていると、相手は小さく頷き返した。

「なんのことでございます」

「今、言った通りじゃ」

「わたしが変なことを言うとおもって、おからかいになるのですか」

「嘘ではない」

慈円の声はあたりを憚って小声だったが、はっきりとしていた。

「今日はそのことを伝えたくて呼んだのだが、お前との問答で、すっかり忘れておった」

「もう二人とも浄土に行っておりまする」

だから自分はこうして得度《とくど》をして、叡山に上がったのではないか。家族の温みも知らずに生きてきたではないか。それだからこそ目の前のあなたを、親だとおもい慕ってきたではないか。そんなことがあるはずがない。

「信じられぬことよ。わしもそうだった」

「そう言われてもどうなるものでもありませぬ」

親鸞は感情の整理ができず、突き放すように言い切った。

「どうしてかのう?」

「もうとっくに、この世の人とはおもわずに生きてきました」

「わしもそうじゃ」

「ならばなぜそんなことをおっしゃるのですか」

「親をおもわぬ子はいるが、子をおもわぬ親はおらぬ」

その言葉に親鸞は黙った。親の顔などはじめから知らぬ。思い出そうとしても、思い出せぬほどこの身は幼かった。

叡山に上がっても、なぜ自分だけがこうなるのだと呻吟したこともある。母親の温もりなど知らぬ。それでも慈しんでもらいたいと、何度夢を見たことか。枕が濡れていることもあった。

自分の運命をかんがえずにはいられなかったし、悔やんだこともあった。長い年月をかけて、少しずつ諦める修行をしてきたのだ。

「会いたいとはおもわぬか」

慈円が親鸞の心を見定めるように、強い視線を向けた。

「会いとうはございませぬ」

「なぜじゃ」

親鸞は慈円の問いに言い淀んだ。

「会いたくないはずが、ないではないか」

慈円が、臆した親鸞の言葉に、畳みかけるように被《かぶ》せた。

「わたしはすでに仏門に入った人間でございます。母とも父とも縁を切り、座主様に得度《とくど》をしてもらい、叡山に上がったのでございます。父母よりも御仏に、この身を捧げとうございます」

「それはそれでよい。父母に会ったところで、御仏も諫めはしまい。なにも頑ななにならなくてもいいではないか」

それから慈円は、父の有範も母の吉光女も、源氏方の者に長らく匿ってもらっていたのだと言った。有範とは四歳の時に別れた。その後、亡くなった。母親の吉光女も、八歳の時に死んだと教えられた。あの日、忽然と姿を消した彼女を探して、あちこちを歩いた。ずっと泣き続けていた。その時の心細さは今でも忘れられない。

あれから二人が生きているとは、夢にもおもわなかった。なにも聞かされていなかったし、なにも知らなかった。自分が日野有範の息子だということは知っていたが、そうだったとしてもどうなるものでもない。没落貴族の子息というだけのことだ。

もし親の威光が残っていたとすれば、自分が叡山に上がることもなかったはずだ。父母が生きていたというだけでも僥倖《ぎょうこう》※だが、慈円に、母が、あの八幡太郎義家の孫娘だと教えられると、どうかんがえていいのかわからなくなってきた。

※僥倖…思いがけない幸い。偶然に得る幸運。

「それは真のことでございますか」

親鸞には、やはり訊かずにはいられない感情が芽生えた。

「源氏が世の中を支配し、ようやく落ち着いてきたということだろう」

「それとなにか関係がありまするか」

「お父上は公家でありながら、源氏にも与していたということではないかのう」

慈円は惚けるように言った。親鸞はまったく合点がいかなかった。

「これからはお二人とも、人目を気にせずに生きられよう。お前を案じて、この和尚に託されたのが嘘のようじゃ」

親鸞は自分が出家得度《とくど》させられたことも、ようやく輪郭がわかってきた。しかし今更彼らに会ったところで、どうなるというのか。それにこの重い迷いの中で、彼らに会ったとしても、改めて災いを残すことになりはしないか。

出家させる手立てしかなかったとしても、もう自分は、父母よりも目の前にいる慈円や、浄土にいる阿弥陀仏のほうに心を開いている。

ましてこの国の教主と信じている太子の化身に、後、三年足らずの命と言われているのだ。打ち萎れた姿を見せて、なんとする。会っても、老いた父母を哀しませるだけではないか。それなら会わないほうが賢明だ。

「素直ではないのう」

慈円和尚は彼の心の動揺を察知して言った。

「なにも親が捨てたわけではあるまい。お前の命を一番にかんがえたから、かんがえつく最良のことをやったまでのことだ。そうおもわぬか」

「おもいまする」

「ならば、なぜ？　もう会うことになんの障害もないし、母堂もなおさらにお会いしたかろう」

「いずれ浄土に行きたいとおもっている身。そこでお会いすることもできまする」

「現世で会うことに、なんの支障がある？」

慈円の誘いは続いた。親鸞は、今は駄目だと固辞した。会えば長年のつらさが溢れ出よう。死んだと信じ込んでいた母に会えば、泣きもしょう。

「それでは近々おまえが会うと言うまで、待っておこう。お二人は、会える日を愉しみに生きておられるはずだ」

親鸞は慈円にも父母にも申し訳ない気持ちになり、深々と頭を下げ暇を乞うた。

「お前のような僧を、太子様が、そういうことを言われるはずがなかろう。気の迷いではないのか」

「太子様は確かにお告げになりました。今でもここに残っておりまする」

親鸞は自分の剃髪し、青々とした頭に指先を当てた。

「不思議なことよのう」

「だから今会っても、よけいにお二人を哀しませるだけでございます」

慈円は、そうかと言ったきり話を打ち切った。それから、また参れ、と静かな口調で言い、自分も二人が生きていたことを知って、驚いたと付け加えた。

親鸞は夜道を歩きながら、今日起こったことを振り返っていた。父や母が生きていたことは、なによりも嬉しいことだが、慈円に会い、彼の講話を聴いても、太子の声の呪縛から解放されることはなかった。

父母が生きていると聞いた時には驚愕《きょうがく》したし、信じられなかった。天台座主に四度もなった慈円様が、嘘をつくはずがない。またその理由もない。

ずっと死んだと思い込んでいた二親が、生きていたのだ。こんなことがあるのだろうか。会いたいと、はやる気持ちを抑え拒んだのは、もう自分が阿弥陀仏に帰依しているからだ。親鸞の心は、慈円の元を訪ねる時よりも乱れていた。

死んだとおもっていた親が生きていて、若い自分のほうが、今度はこの世を去って行くのだ。阿弥陀仏のそばに行けるとかんがえれば、何一つとして恐いものはないが、それにしてもなんとも皮肉なものだ。

慈円は親鸞の態度が頑なことに気づき、それ以上のことはなにも言わなかった。そしてあの若い僧ほどに、自分は神仏を信じたことがあるだろうかと思案した。

自分が座主になったのも、公家の生まれだからだということは承知している。どんなに精進したとしても、公家の出身でなかったならば、今日の地位は得られなかっただろう。

またそんな欲得で生きてきたわけではない。少しでもこの身を神仏に捧げて、世の中の安寧を求めてきたつもりだ。公家の人間として生まれた自分に課されていることは、この日本国の平穏を祈ることだ。

我が身を賭けて、神仏に祈りを乞うているが、末法《まっぽう》の世の中に抗っても、なんの光明も射してこないのではないか。

それでも懸命にこの国の平穏を願い祈っているが、それが卑小な自分にできる唯一のものだ。あの若僧と同じように自分も迷っているのだ。その懊悩を打ち消すために、必死になって祈願した末が、今の地位と立場だ。

彼が言うように、仏法を、我が身の都合のいいように解釈し、出世や栄達の武器にしている貴族の子弟たちが、叡山で跋扈《ばっこ》※している。純粋に仏の心に寄り添おうとしているあの若僧の目には、彼らの精神の退廃こそが世も末に見えるのだ。

自分だけは染まりたくないという気持ちが、ひしひしと伝わってきた。このわたしの言葉も届かなかった。あの男はただ阿弥陀仏だけを見ていた。仏の声だけを聞こうとしていた。

地位におもねている僧たちを嫌悪し、教信のことを褒め称《とな》えていた。ひょっとしたら、あの男は、興福寺を離れた教信のように叡山を下りるのではないか。

生きている有範や吉光女にも、会いたくないと言った。せっかく自分が会わせてやろうとしたものを拒んだが、その言葉とは違い、強い意志があった。

それを察知したから、こちらの言葉も渋ったのだが、二親の気持ちをおもうと、心が痛くなる。だがあの範宴が拒んでも、いずれは会えるのだ。

そう考え直すと、叡山に戻れと言うことができたが、彼にしてみれば、そこは悪鬼たちが屯《たむろ》する場所でもあるのだ。しきりにわたしを訪ねてくるのも迷っているからだ。じっとしていれば、やがては高僧として崇め奉られるだろう。あの男はそんなことで満足するはずがない。今のわたしの地位にすら未練はないはずだ。

このわたしよりも、すでに深い求道者になっている。もし彼の心を開かせる人間がこの世にいるとすれば、ただ一人しかいない。法然もやはり叡山を下りた。二人の姿が重なってしかたがない。

遠い昔、法然とも似たような問答を繰り返した。お互いに理解し合い、認め合って

※跋扈…わがもの顔に振る舞うこと。勝手気ままに振る舞うこと。

はいたが、あの男も叡山を後にした。範宴も同じ道を進むのではないか。そんな疑念を持つと、慈円は急に疲れをかんじた。

人の羨む高僧となっても、心の中は今でも矛盾とのせめぎ合いだ。御仏に縋《すが》ろうとすればするほど、我欲も未練も生まれてくる。本当に清らかな国があるというのか。いっそうのこと、自分も、教信や法然のように生きてみたい。

慈円はそこまで思案して、小さく首を横に振った。座主となった自分がそうすれば、この国の仏教はどうなる？　真の末法《まっぽう》になるのではないか。自分だけは毅然とせねばならぬ。だがこれほど精進しても、心は静謐《せいひつ》※にならぬ。むしろその逆だ。

それでも超然とした振る舞いでいなければならぬ。それは自身のためではない。世のためでもあるし、人のためでもあるのだ。地位も身分も、なにもかもかなぐり捨てて生きてみたい気もするが、多くの者の拠り所となっている自分には、それはできない。

それとも法然や範宴と違う浄土を見ているのだろうか。あの苦悩が羨ましい時もある。あの懊悩《おうのう》こそが、神仏に仕える身には必要ではないのか。少なくとも彼らの懊悩と、自分の懊悩は違う気がする。

そこまでかんがえて、慈円は大きな吐息をし、これ以上、思案するまいと決めた。いずれ浄土は見えてくるし、御仏も近づいてくると信じたかった。それから今度は、はっきりと意識をして、小さな溜め息を吐いた。


月明かりの山を歩く親鸞の足取りは重かった。朝も明けぬうちから山を下り、そのまま慈円の元に行った。たとえ心がすべて晴れなくても、あの方に会い、教えを乞うことだけが、今の我が身には最も必要だとおもわれた。

自分の前では知らないものは知らないと言われるし、それを恥じようともしない。そのことによって、座主であっても、修行中の身だということを悟らせてくれる。

親鸞はその誠実さにいつも感銘を受けた。慈円に得度《とくど》をしてもらったという誇りが、疲労しきっている自分を支えてくれている。

そしてその疲労は肉体から発しているものではなく、身の内の深いところにある心

※静謐…静かで落ち着いていること。また、その様子。

が病んでいるからだとわかっていた。

体の疲れであればぐっすりと眠れば治る。逆に精神の疲れは、いくら寝ても取り除くことができない。眠っていても、様々なおもいが湧いてくる。あの苦悩はどこからやってくるのか。夢の中でもそのことを追い続けている。こんなに苦しんでいるのに、神仏も現れてこないのだ。

それゆえに磯長《しなが》での如意輪観音《にょいりんかんのん》化身の太子の言葉が、逆に鮮やかに蘇ってくるのだ。覚悟とは別に、実際は、死ぬことを畏怖しているのではないか。だからこそ不安で、思い悩んでいるのではないか。

我が身は日々、あの世に手繰り寄せられているのだ。そこがどんなところか、誰も見たこともない。行ったこともない。ただそれぞれが、自己の脳裏に描いているだけの世界なのだ。

都では、我先に浄土に行こうとする者が多くいる。身体を火に包まれて、途中で後悔している者もいる。身投げをして、鴨川の水をたらふく飲み、苦渋の顔つきであの世に行った者もいる。

この世が穢土《えど》であるからこそ、向こうへ行こうとするのだが、もしかしたらあの世も、この世との合わせ鏡ではないのか。そのことを慈円様に尋ねても、いつもはっきりとした答えをもらうことができない。会っている時は心も癒されるが、別れると、いつも痒いところに手が届かないもどかしさが残る。

あのお方が誠実な人物だということは認める。万人に敬われているのも知っている。御仏に恭順している者であれば、この国の津々浦々まで知らぬ者はいない。そのお方でも言い淀むものがあるのだ。

それはわたしを信頼してくれているから見せるお姿でもある。こちらから見れば、むしろありがたい接し方で、一段と敬意を払う気持ちが増してくるが、常にぼんやりとした蟠《わだかま》りが残る。

こちらの心の揺れを、慈円様は気づかれていて、いっそう温かい言葉をかけてくださるが、自分が求めているものとは違う。苦しみは返って深まるのだ。

何百万回、何千万回と念仏を称《とな》えているが、懊悩から解き放たれることがない。阿弥陀仏への信仰は誰にも負けないのに、秋の空のように心が晴れることがない。

そのことは、慈円様もそうではないかと気づいた。ああして立派な高僧になられているが、迷いがあるのではないか。きっとあのお方だって悩んでおられるのだ。ならばこのわたしが、もっと悩んだところで少しもおかしくはない。

そんなことを浅慮しながら都を離れていると、なにもかもが混沌としてきて、頭の中がどろどろとしていた。そういった状態の時は、ただひたすら念仏を称《とな》えよと、慈円様は言われたが、日々、実践している。

経典を読み、日々の行動もすべて神仏に委ねていても、この有様なのだ。親鸞はまた重い溜め息を洩らした。

暗闇の向こうに小さな灯が点っている。親鸞は立ち止まって、蛍火のような灯りを見つめた。彼がそれを眺めていると、木々の間を少しずつ揺れ動いていた。

親鸞は目を擦り、目を見開いた。疲労は極致に達している。やはり疲れきっているのか。それとも幻影なのか。彼は近づいてくる頼りなげな灯を見ていた。

やがて灯影が大きくなり、耳を澄ますと、落ち葉を踏む音がしていた。親鸞が身を隠すように木陰に寄ると、夜道を女人が歩いてきた。彼の気配に気づき、持っていた灯を上げてあたりを照らした。

こんな夜中に女人か。彼は暗闇におなごが歩いているはずはないと思い返し、警戒を解かなかった。

「もし、御坊様」

艶のあるゆったりとした声だった。やはり化身なのか。親鸞は返答をしなかった。

「叡山に登られる御坊様でございますか」

灯影に浮かんだ相手は笑みを残したままだった。

「さようでござる」

「狐の化け物ではございませぬ」

色白の美しい女人だった。

「なにも怖がってはおりませぬ」

「その言葉が怖れているなによりもの証拠」

「こんな夜道に歩くおなごなどおりませぬ」

若い親鸞は自分の気持ちを言い当てられた気がして、口早に言った。

「おなごだから歩いてはいけませぬか」

「そうではござらぬが、夜道は危のうございます」

「それは元より承知のことです」

相手は嫣然《えんぜん》※と言った。白い肌が灯の光で、透き通っているように見えた。本当に女人なのか。親鸞がまだ訝っていると、実は、あなた様を待っておりましたと言った。親鸞にはその言葉が唐突で、なにを言っているのか釈然としなかった。

「ならば急ぎのご用でござるか」

彼は話をずらすように言ってみた。

「本当に今か、今かと、気を揉んでいたのです。こんなに遅くにお帰りになるとは、おもいもしませんでした」

そう言われても、親鸞には、目の前にいる女人に心当たりはない。さてどうしたものかと戸惑っていると、御坊が、叡山で、他の誰よりも修行をしていると、人づてに聞いたと答えた。

「わたしなど遠く足元にも及ばぬ高僧は、この叡山に幾人とおられます。何千人もの僧がいるのでございますよ」

親鸞は警戒心を崩さなかった。

「わたしはあなたにお訊きしたいのです」

「なにをでござります。こんな夜中に。それも誰もいない夜道で」

「ほんの一時でかまいませぬ。どうぞ、わたしの話を聞いてもらえませぬか」

彼女の声は懇願するようになっていた。

「人違いではございませぬか」

親鸞は天笠を上げて顔を見せた。

「範宴様でございましょう？」

どういうことなのだ？　誰が教えたのだ？　親鸞は不気味な感情に取り憑かれ、もう一度凝視した。見覚えはなかった。

「どうしても訊かねばならないのです。他の方ではもう駄目なのです」

女人は誰かにも訊いてみた気配があった。親鸞は相手の言うことがますますわから
※嫣然…にっこりほほえむこと。美人が笑うさまについていう。

なくなってきていた。それでも相手の態度に切実さがある気がして、立ち竦んでいた。

「どうかお願いいたします」

「どうすればよろしいのでしょう」

「わたしはそこの赤山明神《せきざん》にいつもお参りする者でございます。あなた様が帰り道に、必ずここをお参りすることも知っておりました。今日は遅くなったので、御坊はお参りにならぬかと落胆しておりましたが、お姿を見ることができました。わたしはすぐそこに住んでいる者でございます。もう夜も更けてまいりました。御坊様のために、粗食も用意してございます。どうぞ話を聞いてくださいまし」

親鸞はいよいよ騙されるのかとおもったが、それならそれでいいという気持ちになった。我が命はさほど遠くない日になくなるのだ。なにが起きたところで大差はない。彼は心を決めた。

「では一緒にお伺いすればいいのですな」

女人の持つ灯りを頼りに夜道を歩くと、一軒の家が目に入った。あたりは森閑としていて、構えのいい家は夜の闇に溶け込んでいた。親鸞は促されて門をくぐった。

「こちらでございます」

案内された場所には、すでに配膳がされていた。

「このあたりで採れたものばかりですが」

「これを、わたしに？」

「今日はわたくし以外に、この家には誰もおりませぬ。気遣いはご無用です。ごゆっくりなされてくださいまし」

それから女人は白湯を淹れ勧めた。親鸞はどうしたものかと迷ったが、空腹だったので、ありがたくいただくことにした。筍や椎茸、湯葉などが並べられていたが、そのどれもが味かげんがよかった。

女人は灯りのそばで黙って座っていた。伏し目がちな彼女の肌は、一段と白く浮かび上がり、目鼻立ちの整った顔立ちだった。親鸞は、改めて美しい女人だとおもった。

「ごちそうさまでございました」

親鸞が手を合わせてお礼を言うと、相手は白湯を持ってきた。彼が口に含み、一息つくと、女人は正坐をし直した。

「わたしにはどうしても解決ができない、深い悩みがあるのでございます」

親鸞は突然そう言った相手を見つめ、自分もずっと同じ気持ちなのだと思い返した。

だが相手の真意がわからず、見つめているだけだった。

「わたしは女人でございます」

当たり前のことではないか。それともやはりなにかの化身なのか。

「ですが叡山に一度は上がってみたいのです」

「それはできませぬ」

親鸞は言下に拒絶した。

「なぜでございます」

「五障という言葉がございます。女性は修行の妨げとなる煩悩障《ぼんのうしょう》、業障《ごうしょう》、生障《しょうしょう》、法障《ほっしょう》、所知障《しょちしょう》の五つの障害があると言われておりまする。また悟りを得るためにも、女性は嫉妬深く、欲深で、悪口などを言うとされ、欺、怠、瞋《しん》、恨、怨の感情があると言われておりまする」

「あなた様もそうおおもいですか」

女人の目がしっかりと親鸞に向けられていた。彼は一瞬、恥じるような感情を抱いた。

「釈尊のお生まれになる前のことでございます」

「あなた様は?」

相手はもう一度訊いた。

「わたしは、そうはおもっておりませぬ」

「本当でございますか」

「そんな気がしてならないのです」

彼女は大きく頷いた。自分の親鸞に対する見立てが、間違っていなかったという安堵もあった。

「ならばお山に連れて行ってくださいませんか」

「それはなりませぬ。叡山はずっと女人禁制の山でございます。どんなお咎《とが》めがあるかしれません」

「なぜそうおもわれているのに駄目なのでございましょう」

女人は食い下がった。親鸞は言い淀んだ。

「この山を登り下りする僧たちは、その不浄な女人を抱くために、夜毎、叡山を下りています。なぜ五障の女人を、お抱きなさるのですか」

「わかりませぬ」

「その不浄で、欲深な女人が、なぜこどもを産めるのですか。こどもを産まねば、おなごも男もおりませぬ。この世も終わってしまいまする」

じっと見つめられている親鸞は、相手の視線を拒むように目を閉じた。彼自身もなんの回答も持っていなかったのだ。その答えを明かすことができれば、我が身も解放されるのだ。

「公家も僧も、都に溢れている乞食さえも、女人と肌を合わせようとしておりまする。一方ではおなごを排除し、一方ではおなごを求めて悶々としてさ迷い歩く。おなごを嫌う男衆などおいでになるのですか」

相手は親鸞を揶揄するように言った。親鸞は自分のことを言い当てたられた気がして、視線を合わせることができなかった。

「そうではないお人もおられます」

「あなた様もですか」

相手ははっきりと訊いてきた。彼はまた沈黙したが、今度はすぐに口を開いた。

「わたしも煩悩の塊でございます」

「御坊も、ですか」

「いくら念仏を称《とな》えても消えません」

親鸞は表情を強張らせた。消えぬどころか、煩悩は増すばかりだ。深い朝霧のように脳裏に覆い被さり、動こうとはしない。

本物の朝霧なら、陽が昇ると同時に消滅してしまうのに、我が身の朝霧は、ずっと濃霧のままだ。なにをやっても心が晴れることはない。

「今日も慈円様のところに行き、教えを乞うてまいりました」

「あの青蓮院《しょうれんいん》※のお方ですか」

※青蓮院…京都市東山区粟田口にある天台宗の寺院。三千院、妙法院と共に天台宗の三門跡寺院とされる。

ええと親鸞が応えると、女人は驚いた。

「知っておられるのですか」

「ここを通られるおりに、木陰から何度もお見受けいたしました」

「それはなによりでございます」

「あのお方とお知り合いとなれば、あなた様も力のあるお方でございます」

相手は恭しく頭を下げた。

「わたしはただの学僧でございます」

「どうぞ、わたしをお山に連れて行ってくださいまし」

「それはいくら頼まれても、できぬことでございます」

「慈円様にお頼みしてもですか」

親鸞が即座に返答すると、女人は表情を曇らせた。

「誠に申し訳ございませぬ」

「おなごはいくら仏神に近づこうとしても、ここより上に行けません。この世はみな男さんの都合のいいようにできておりまする。どんなお偉い方でも、おなごを抱きますが、いざという時には遠ざけてしまいます。どこにおなごのいいところがあるのでしょう？　おなごがいなければ、なにもできないのでございます」

男と女のどこに違いがあるのか？　その不浄なる女体に、自分も他の僧も恋い焦がれているではないか。親鸞はそう考え直すと、おのれのほうが不浄に見えた。煩悩まみれの我が身こそが悪業なのだ。

「御坊は正直なお方なのですね。顔に出ておりまする」

自分のどこが正直だというのだ。相手を正視出来ないのも、気まずくなると瞼を伏せたのも、自分の心の底に巣食っている邪念を、見透かされないためだ。

「お山に上がりたくてしかたがないのです」

女は諦めきれない様子でまた訊いた。親鸞は最早、返す言葉を失い、完全に窮した。

「どうしてもお縋《すが》りしたいことがあるのです。殿方がおなごを求めると同じように、わたしも同じなのです。誘いを断ることができないのです。いえ、むしろわたしのほうが待っているのです」

彼女は濡れた目でまた親鸞を見つめた。自分に似た女人がいるというのか。男を拒めぬ女。自ら男を求める女。親鸞がそういう目で相手を見ると、今度は彼女のほうが目を背けた。

薄闇の灯の中で浮かぶ白い襟足。きめ細やかな肌。僧衣に押し込められた豊かな肢体。親鸞の脳裏に、里に下り、女色に溺れている僧たちの声が広がった。いい音色で泣きよる、おなごほど、この世でいいものはおらん。彼らの下卑た声が聞こえてきた。

それなのになぜ女人を遠ざけ、忌《い》み嫌うのか。右手で女の乳房をまさぐり、左手で木魚を叩く。その左右の手を合わせて、念仏を称《とな》える。女人よりも五障を問われなければならないのは、男僧のほうではないのか。

「わたしがこんな感情を抱くのは、どうしてでございましょう」

それは自分にも言えることだ。鎮まらない気持ちばかりを持て余しているのだ。

「前世が悪いのでしょうか」

「それもわかりませぬ」

「自分も世の中も、わからないことばかりでございます。そうはおもいませぬか」

「当たり前のことが一番わかりませぬ。我が身のことも世間のことも」

親鸞がそう言うと、女人も、本当にと応じた。

「既往《きおう》※は咎《とが》めず、という言葉もございます。自分の氏育ちや過去を問うても、なんにもなりませぬ。過ちや起こったことを悔やんでも、今更どうなるものでもありませぬ」

「わたしは一体どんな過ちを犯したというのでしょう。もしそうであるなら、一度でいいからお山に上がって、修行をしたいのです。おなごというだけで、なにもかも拒絶されるというのは、なんとしたことでしょう。悪業を重ねている僧たちが上がれて、女人というだけで駄目だという根拠は、どこにあるのでしょう。ただ女人というだけで、破戒だと言われるのですか」

相手の言い方は静かだったが、親鸞の心に強く訴えるように届いてきた。彼は自分とさして年齢の違わない女人を目の前にして、彼女のほうがはるかに修行を行っているのではないかとかんじた。

学問も積んでいる。誰よりも御仏の力に縋《すが》ろうとしている。自分の既往も性癖も、みな素直に告白している。逆に心の澄んだ人間なのだ。女人でなければ一角《ひとかど》の僧になれ

※既往…過去。すんでしまった事柄。

たはずだ。

女人は仏法にも明るかった。どこで学問をし、修行を積んだのか。親鸞は改めてどういう人物かとかんがえたが、思い当たる節がなかった。

「男衆はわたしを抱いては喜んでおられる。美味な酒よりも、もっと宝物だと言うて。わたしもまた同じことでございます。そんな時には神仏はどこにもおりませぬ。それでも殿方に抱かれていています時には、御仏の法悦を聞いているように、歓喜してしまいます。あの交わりが御仏との交情ではないかと、信じたくなります」

相手はその時の喜びを思い浮かべたのか、白くすっきりとした顔を染めた。親鸞を見た瞳が再び濡れた。彼はもうこれ以上ここに留まっていては、夜も一層深くなり、山には上がれないという気持ちになっていた。その気配を察知したのか、相手がもう一杯、薬草茶をどうだと勧めた。

「もう十分でございます。それに大層なもてなしを受けて、すっかりご迷惑をおかけしました。ありがたいことでございます」

親鸞は丁寧にお礼を言い、そばに置いてあった蓑笠を手にした。

「なんならお酒もございます」

「酒など一度たりとも所望をしたことはありませぬ」

彼は、この女人はそんなものまで飲むのかという気持ちになり、立ち上がった。相手は戸口まで行き、親鸞の帰りを塞ぐように、もう少し話ができないかと問うた。

「ここにおられる間は、またお会いすることができます。わたしも都に出て行く時には、必ず通っているのですから」

相手は納得したのか、黙って戸を開けた。開けた戸口からひんやりとした夜気が進入してきた。寺を包み込むように深い夜霧がかかり、なにも見えなかった。

「もうすでに霧が下りています。山の夜道は、天界に星や月が出ていましても、とても歩けるものではございませぬ。道を外して亡くなった者もございます」

尼僧は逆に安堵した表情を向けた。

「なんとかなりまする」

「霧の中をさ迷うばかりで、危のうございます。もしものことがありましたら、とんでもないことでございます。どうぞ後生だとおもって、わたしの言うことを聞いてくださいませ」

相手はまた懇願するように訴えた。確かに夜霧は深い。そばの木々さえ見えぬくらいだ。こんなにも夜霧が下りてくるとはおもいもしなかった。

「猪や猿も出ましょう。すでに蝮《まむし》も出ております」

尼僧は不安を抱かせるように言った。

「慣れておりまする。それになにも怖いものはございませぬ」

もう二十年近く比叡の山中で暮らしているのだ。どこをどう歩けば戻れるかは知っている。だが今晩の霧は深い。その心の隙に入り込むように、相手が、それでも足元が危ないと応じた。

「戻らなければいけない用事もございます」

「それでは少しは霧が晴れるまで、おられたらどうでしょう。幸いに先程まで月夜でございました。霧が薄くなれば、月明かりで、また見えるようになりましょう。逆にそのほうが、早くお帰りになることができます。それに山も冷えてまいりました。もう一杯体を温めになったらよろしいではないですか」

相手が再び囲炉裏のそばに上がれと促した。親鸞が躊躇《ためら》うように突っ立っていると、また薬草茶を淹れた。

「ではもう一時だけ、お世話になりましょう」

親鸞は差し出された湯呑みを両手で受けた。女人は満足したのか、皓歯《こうし》を見せた。どうしてこんな美しい女人が山里にいるのか。僧や男たちの関係も隠さずに話したが、そのことを非難しているわけでもない。むしろ我が身の罪科を責めているのだ。

親鸞がそんなことをかんがえていると、飲んだ薬草茶で体が火照ってきて、目蓋が急に重くなってきた。昨日も今日もろくに眠っていない。

今朝も夜明け前に出てきて、慈円和尚に会った。心静かに暮らしておられたが、こちらの顔を見ると、逆に体のことを気遣ってくれた。物事を深く問い詰めることは悪いことではないが、体を病めば心も病むと言われた。

それから学問というものは、問い学ぶことだから、人間や物事を疑うことだと諭された。それも行き過ぎれば、健全な思考もできなくなる、と注意を促してくれた。

確かに一番わからないのは、己や人間のことだ。なぜ自分は今ここにいるのか。一体どこに行こうとしているのか。わからないことばかりで、何一つ理解しているものはない。

ただわかったふりをして生きているだけではないのか。実際、なにも知らないのだ。こうして悩んだとしても、解決できるものは持っていない。だから御仏に救いを求めているのだが、その御仏はこんなに信心している自分の命も、まもなく尽きると仰っている。

ならば自分は、残りの人生をどう生きればいいのだ。我が身の悩みはこの女人とどう違うのだ。それとも生きているだけで悪業というのか。こうして自己問答をしているが、心の中はこの女人と同じではないのか。

「叡山に上がられても、なにもございません。あそこはただの修行の場所です。修行はどこでもできますし、目を閉じれば、阿弥陀仏はどこにでも現れまする」

親鸞は、言ってはいけないことを言ってしまったような気になった。

「あなたには見えるかもしれませんが、わたしは見たこともないのですから、見えてこないのです」

親鸞はその言葉を聞いて、そういうことなのかと得心《とくしん》がいった。見ていなければ残像すら、思い浮かべることはできないのだ。では自分は本物の阿弥陀仏を見たことがあるのか。人間の欲望や煩悩が渦巻くこの現世を疎み、誰もが神仏に頼っているが、本当に救われる日がくるのだろうか。

「裏山で採れるものでございます」

親鸞の湯呑みに薬草茶がなくなると、尼僧はまた注いだ。口に含むとわずかに苦味が走ったが、体から疲労感が抜けていくような錯覚を抱いた。

「明日の朝にお立ちになればよろしいのです。寝間も用意しておりまする」

彼女が言うか言わないうちに、親鸞の体はぐらりと揺れ、炉の脇に横臥した。彼は自分がこんなにも疲れているのかとかんじながら、再び起き上がろうとしたが、体がおもうようにならなかった。

「大丈夫でございますか」

女人の声がすぐそばで聞こえてきた。親鸞は、心配ないと返答したかったが、その声すら発することができなかった。もし、と問いかける声がしたが、やがてそれも遠ざかった。

夜、親鸞は夢を見た。比叡の山の向こうから御仏がゆっくりと現れてきて、眠っている親鸞の前に立った。彼はなにごとかと起き上がろうとしたが、体は硬直したままだった。

じっと見つめていると、御仏の表情が昼間の女人の姿に変わり、笑みを含んだ目を向けた。ああ、あなたでしたかと問いかけたが、声は届いていなかった。

「心配なさらないでください」

女人はそう言いながら、眠っている親鸞のそばに寄り、体を摺り寄せてきた。

「わたしが、あなた様の、永年の苦悩や不安を取り除いて差し上げます」

相手は親鸞の寝間に、白い脚を滑り込ませてきた。脚は熱いほど火照っていた。

「どなた様でございますか」

「今晩はわたしがあなた様の悩みを解きほどきましょう。正直な方が苦しんでおられるのは、自分に正直に生きておられるからです」

尼僧は脚よりも温かい体を寄せてきて、親鸞の法衣をゆるめた。相手が胸をはだけさせて体を重ねてくると、弾力のあるまろやかな乳房が、彼の胸に合わさってきた。彼女から鼻腔《びこう》をくすぐるような香りが漂ってきて、親鸞は、ふと幼い頃の母の面影をかんじた。懐かしいほのかな香りだ。母上。彼は乾いた喉の奥で、母の名前を呼んだ。

慈円様は彼女が生きていると言った。父もそうだと教えてくれた。もしそうだとしたら、一体どこで生きていたというのだ。逢わぬと応じたが、こうして夢の中に出てくるのだから、あれは偽りの言葉だったのか。たとえ母が生きていたとしても、もう容姿も思い出せない。それなのになぜ彼女の匂いを憶えているのか。

親鸞が赤子のようにゆっくりと指先を伸ばすと、尼僧は自分の豊かな乳房を親鸞の手のひらに宛がった。

「なにも遠慮はいりませぬ。吸うてもよろしいですよ」

女人は寝ている親鸞の顔に、豊かな乳房を垂らした。彼がその乳房を口に含むと、形のいい、厚みのある唇がわずかに開き、あまい声が洩れた。

「いい気持ちでございましょう？　仏祖のお釈迦様は、誰にも仏心があるとおっしゃられているのに、どうしておなごは駄目なのでしょう？　それこそが真如《しんにょ》※に反するのではないのですか。おなごが穢《けが》れているので、山に入ると、山が穢れるとおもっているのですか。それならば鳥や兎、猪の雌は入っているのに、なぜ人間のおなごだけはいけないのです？　こうしてあなた様も、不浄なおなごと肌を合わせているのですよ。どうぞ今日のことを憶えておられまして、おなごも叡山に上がれるようにしてくださいまし」

　彼女は改めて懇願してきた。

「わかりました」

　親鸞が返事をすると、自分の言ったことが理解してもらえたとかんじたのか、柔らかな微笑みを返した。

　そして動きがとれぬ親鸞の法衣を剥いだ。自分も裸になり、ぴったりと彼の体に合わせた。尼僧の肌はわずかに汗ばみ、ねっとりとしていた。

「おなごが不浄だというのは、この身が一番知っております。殿方の目ばかり気にし、こうして快楽を貪るのでございます。それだからこそ、尚更に我が身を嫌うのでございます。殿御《とのご》を好いて胸を熱くすると、この火陰《ほと》もあつく熱するのです」

尼僧は火陰を押しつけてきた。親鸞はその声を遠くに聞いていたが、そのうち深い眠りについた。女人に抱かれた体は、真綿に包まれたような柔らかな感触があり、ふと阿弥陀仏のいる極楽というのは、こういう甘美な世界ではないかとおもった。

そして朝、目覚めると尼僧の姿はどこにもなかった。やはり夢だったのか。ぼんやりとした意識の中で思い返したが、そばには薬草茶を淹れた湯呑みもあった。体にかけてあった着物を手にすると、それは間違いなく、あの女人が着ていたものだった。

彼はその匂いを嗅いだ。微かに彼女の香りが届いてきた。夢ではなかったのか。ならば待っていれば、姿を現わすはずだ。親鸞はじっと待った。

木戸の隙間から朝の光が射し込み、目覚めた野鳥たちが囀っていた。尼僧はいくら待ってもやってこなかった。戸口に立つと深い朝霧が動かず、雲海にいるような錯覚を持たされた。

※真如…あるがままであるという意味。真理のこと。真とは真実、如は如常（いつものように。いつもと変らない）の意味。

陽が昇り、谷間の霧が消えても姿を見せなかった。親鸞はしかたなく叡山に登ったが、礼も言わず立ち去る非礼を恥じた。そしてそのことよりも、彼女がどういう人間か気になった。自分は眠ってしまったが、ずっとあの尼僧のあまい囁きを耳にしていた。

一体、何者なのか。親鸞はまた出会うだろうと思い直し山を登ったが、あれ以来、会うことはなかった。再び叡山に上がった彼は、逆にあの女体の虜になり、新たな煩悩《ぼんのう》が芽生え苦しんだ。

三善為教《ためのり》がしゃべっている間、親鸞はこの数年のことを思い浮かべていた。あの赤《せき》山《ざん》明神での出会いも、京の六角堂で百日の参籠《さんろう》を行った後、法然の吉水に走ったことも、たった七、八年の出来事にすぎないのに濃密な日々だった。

叡山を下りるかどうかと迷っていた時、大乗院に籠ったが、また如意輪観音《にょいりんかんのん》※が現われて、我が身の願いが充たされるというお告げもあった。磯長《しなが》での後十年の命といい、大乗院の夢告といい、一体どの言葉が真実なのか。

だからこそ六角堂にもう一度籠ったのだ。そこで百日苦行をし、あと五日と迫った日に、朦朧とした意識の中で救世観世音菩薩《くぜかんぜおんぼさつ》※の化身が現われたのだ。その太子は、吉水に行き、法然の説法を聞けと言われた。

そして磯長《しなが》の夢告の時よりも生き永らえた。太子の言葉通り上人の許に行き、彼らの言葉がみな本当のことだとわかった。玉日《たまひ》と所帯を持ち息子まで生まれた。だが彼女たちとも上人とも別れ、この地にやってきたが、これも太子のお導きに違いない。今までの懊悩も立ち消えたのだ。決して懐疑的にはなるまい。

親鸞は自分の修行が足らないことを改めて悟った。こうして二本の足で地上に立っているのだ。太子の言葉も法然上人の言葉も、わたしとともにあるのだ。それどころかおもいもしない歓待を受けている。

「どうされましたかな?」

※如意輪観音…仏教における信仰対象である菩薩の一尊。観音菩薩の変化身《へんげしん》の一つであり、六観音の一尊に数えられる。
※救世観世音菩薩…観世音菩薩の称号。世間の苦をよく救うことから言う。

物思いに耽っている親鸞に、三善為教《ためのり》が尋ねた。

「上人様のことをかんがえておりました」

「そのうちきっとお会いになることができます。叶わぬ夢などありません。あの方も親鸞様も、仏を信ずる心は誰にも負けませぬ。情熱がございます。情熱には、必ず行動が伴います。わしにはよくわかります」

為教はそう言って遠い昔を思い出した。ようやく自分たちの時代がきたのだ。もうこれからは公家たちの時代はないはずだ。源頼朝様が全国総地頭になられたのだ。関東武士が全国の島々まで散らばったが、自分もそのお陰でこの土地の長になった。月輪殿《つきのわどの》が幕府方で、頼朝殿とも親しい間柄だとは知っている。そのことでここにいる親鸞も、讃岐に流罪になった法然も、生き延びることができたのだ。

やがては放免となるはずだ。ましてこの若僧は、月輪殿と同じように、親幕府方だった日野有範の息子だと聞く。手元に置いておかぬ手はない。

三善為教は自分のことをよく知っていた。兼実《かねざね》に取り入り、越後にいて統治しているが、すでにこの土地は自分のものに等しい。

いずれはこの若僧がもっと役に立つ。またそうならなければ、なんにもならない。そのために越後に呼んだのだ。幸いに吉永の法然のところにいた僧の中では、この人間が最も見どころがあった。直に高僧になることは、誰の目にもわかるはずだ。法然があんなに可愛がり目をかけていたのだ。

それに身分は低いが公家の出だ。その親が頼朝様の覚えもいい。懐刀でもあるのだ。その子息を手元に置いておかない手はない。この地がいずれ自領となってもこんなご時世だ。自分のことも、家族のことも、そして一族郎党は自分が率先して守らねばならない。

またそうすることがおのれの生きる道でもある。それでも気を抜けば誰かに取って代わられる。それには自分の配下も、しっかりと束ねておかねばならぬ。気苦労ばかり続くが、それも生きるためだ。

これからは一人の人間の才覚で、おのれの夢を叶えることもできるのだ。目の前にいるこの若僧を引き取ったのも、そのことをかんがえてのことだ。源氏の時代をおもえば、また日野有範が権勢を奮うことは間違いない。

しかもこの僧は凛とした生き方をしている。法然を信頼する姿も見事だ。高い教養も積んでいる。若いが自分など足元にも及ばない人物だ。この高潔さには、誰も対峙できる者はいない。

それに二親が生きていることを知っても、会おうともしない。僧を辞めて自由に生きることもできるのに、そうはしない。強い意志を持っている。やがてはこの日本の救国の人物となるはずだ。

おれの目には狂いはない。こうして雪深い越後に連れてきたが、あのまま都にいれば、この僧だってどうなったかはわからない。辛うじて九条兼実《かねざね》や慈円の力で助けられたが、それも鎌倉の時代になったからこそだ。

それまでの時代であれば、あの五山の力で、もっと重い処分を課せられていたに違いない。いわばおれはこの僧の命の恩人でもあるのだ。だが決してそのことは表情に出してはいけない。

この僧を越後に抱え込むということは、我が身の安泰にもつながるのだ。おのれは邪な生き方をしているが、もう若い時のように、腕力だけで生きていける時代ではなくなった。

それにしても息つく暇がないのだ。常に疑心暗鬼になるし、心が休まることがない。その心を少しでも鎮めるために、九条兼実の配下として、一緒に法然の許に通うようになったが、自分とまったく違う人間たちがいた。大半は強欲で、世事に長けた僧ばかりだった。人を裏切り、ある時は殺めて生きてきた自分たちよりも、卑怯で姑息《こそく》な僧もいた。

法然とこの僧だけは違った。ただ御仏の言うがままに、生きているというかんじだった。彼らに会うと、本当の阿弥陀仏に接しているように光に晒され、丸裸になれてぃる気分になった。それでも吸い寄せられるように、また二人がいるあの吉水へ足が向いた。

彼らの言葉には慈悲の心があった。あの温もりの言葉はどこからくるのか。いつもそのことを考え続けた。自分がこの僧の身柄を引き受けたのも、そのことにもっと接したかったからではないか。

この僧は阿弥陀仏を本気で信じている力がある。金品や権力だけではなく、人間は動くということを教えられた。それを目の当たりにした時は衝撃を受けた。権力も権勢もない若僧の諭す言葉に、誰もが従っていく。蟻が甘い蜜に群がるように、彼の許に集まる。

あの光景を目にした時、我が目を疑った。たった一つの念仏で、老若男女が吸い寄せられる。彼こそが御仏ではないかと疑ったほどだ。

権力者たちが、法然たちをそばに置こうとする気持ちもよくわかった。彼らと敵対すれば、世の中は治められぬという危惧を、言葉にはしないが抱いている。自分たちの発する言葉よりも、彼らの言葉のほうに靡《なび》く。そうすれば国を治めるどころか、彼らの言葉に従う民たちが、我が身に立ち向かってこないとも限らない。

この僧の言葉と我が身の言葉のどちらを取るか。僧の言葉を信じれば、我が身は敵対するし、わしの言葉を信じてくれれば、味方にすることができる。

法然やこの僧の流罪は、その構造とまったく同じだ。見た目は彼らと五山との戦いではあるが、それがいつ為政者との戦いにならないという保証はない。

ましてわしたちの言葉よりも、彼らの言葉のほうが心に入りやすい。現実に高貴な人間から、下々の、明日にでも命を落とそうとしている人間の心にも、浸透しているではないか。決して敵対してはならぬ。

いざそうなれば、せっかく手に入れた土地や一族郎党すら、失ってしまう羽目になる。そのことを絶対に失念してはいけないし、彼らを少しでも蔑《ないがしろ》にするということは、我が身もやがては危なくなってくるということを、腹の中に叩き込んでおかねばならない。

そのことを身に沁みるほどかんじたのが、あの吉水での姿だった。あれほど御仏に献身的になれる人間を見たことがない。本人は叡山を下りてきたと言っていたが、あの山に仏の道を説く者が少ないことは、この三善為教《ためのり》だって知っている。知っているからこそ、法然の許にきてみたのだ。

そうしたらこの僧に出くわした。決して言葉にはしないが、法然もまた彼を信頼していた。弟子とはおもっていなかった。

歳は離れていても、敬愛する姿は見ていても美しかった。打てば響くものが存在していた。心底、羨ましいと嫉妬さえ覚えたほどだ。そのことを法然に言うと、共に阿弥陀仏に身を捧げた身、そんな感情を抱くだけでも、仏の怒りに触れると一笑された。深くかんがえること。深く苦悩すること。それが仏道につながらなくても、人間を造り上げるのだと気づかされた。二人とも叡山に留まっていれば、出世や栄達が望めたはずだ。それなのに山を下りた。

彼らの心の内はどんなであったろう。おのれとの葛藤に明け暮れ、悩み苦しんでいたはずだ。それをすっぱりと忘れ、都に下りてきた。それから飢えや孤独に苦しむ者たちに接し、人間に上下がないということを、身を持って実践している。

人間が一番耐えられないのは、孤独に対してだ。それは孤児で生きてきた自分が、他の誰よりもわかっている。親のいない、心を打ち明けられる者のいない淋しさほど、つらいものはない。

だから力づくでものし上がってきた。誰も信じることができない。地位を得て気づかされたことは、敵はいつも身近にいるということだ。

そして京に上ってきて知ったことは、自分のような人間が巷《ちまた》に溢れかえっているということだった。それを彼らが仏の心で癒しているのだ。飢えと孤独の中に生きる者に、手を差し伸べているのが法然と親鸞だった。

おれはその献身的な生き方に、心が洗われるような気持ちになった。今まで見たこともない異質な人間だった。特にあの親鸞という僧には、自分と似た孤独感を抱いている気がしたが、その生き方は、こっちとは似ても似つかないものだった。

あの男を見て、氏育ちというものがあるのかとかんがえた。そんなものはないと確信を持っていたが、中にはいるものだと考え直した。

この僧も幼い時から孤独の身でいたのだ。そのことを聞いた時、どうしてこんなに生きる道が違うのかとかんがえもした。

あの僧に利用価値が多くあるということとは別に、今からでもいい、自分もそうありたいという気持ちにもなったのだ。つまりは強く感銘したし、心が震えるような感動もしたのだ。

だからこそ彼が罪を受けると聞いた時、九条兼実《かねざね》に申し出たのだ。兼実ははじめ、言葉を失うほど驚いていた。だがすぐに喜んだ。死罪にもなろうとしていた若僧の処遇に、苦慮していたのだ。

なにもお咎《とが》めなしでは、律宗《りっしゅう》※や法相宗《ほっそうしゅう》※の僧たちも暴れるだろう。そうなれば示しがつかなくなる。また都に暴動が起きないとも限らない。逆に親鸞を殺させては、それこそ武士も騒ぐ。彼には源氏の頭領の血が混ざっているのだ。

それを知らずに都の僧たちは騒いでいる。いつまでも自分たちの時代が続くと信じている。武器を持ち、不浄な血を流していた武士たちの時代になったというのにだ。多くの者がそのことにも気づこうとはしない。いやもうとっくにわかっているはずなのに、それを認めようとはしないのだ。

そんな中で九条兼実《かねざね》にはまだ潔さがあった。あの男はもう公家や貴族の時代が戻ってこないことを知っている。だから一族がずっと生き延びることを思案している。土地の管理を任せていた自分に、地領の多くを掠め取られたが、表立って抗うこともしなかった。背後に鎌倉がいることを知っているからだ。

鎌倉は都に武士を置き、公家たちの動向を一つ一つ調べている。なにかあれば、大軍を率いて東海道をやってくる。血を不浄のものとして遠ざけ、武士たちに忌み嫌うことを押しつけていたが、その彼らが天下を獲ったのだ。もう後戻りすることはあるまい。

　これまではまだ公家に従う武士もいたが、時代が変わった今、自ら進んでそんなことをする者はいない。仮に反旗を翻したとしても、武士が力を持った今、なにができるというのか。その中で九条兼実は武士たちと敵対もせず、また深く関わらないことが、自分の生きる術だとかんがえていた。

　だが支援している法然たちの問題は、彼を悩まし続けていた。どちらに肩入れしても問題は起きる。一歩間違えば我が身にも危険が迫ってくる。

　そんな時、三善為教《ためのり》からの進言があった。あの男から申し出を受けた時には、すぐに名案だとおもった。

　仲間をまとめ上げ、のし上がってくるだけの才覚はあると改めて感心した。頭の回転の早い男だ。自分のそばにいる頃も隙のない人間だったが、人の話を逸らさず、相

※律宗…戒律の研究と実践を行う仏教の一宗派。七五三年鑑真が六度の後悔の末に唐から招来し、日本ではじめて戒律を授けた。総本山は唐招提寺。
※法相宗…南都六宗の一つとして、遣唐使で入唐求法僧侶により数度にわたって伝えられた。興福寺・薬師寺の二大本山が有名。

手がなにをかんがえているか、先回りして返答をする男だった。

それが奏した。実に抜け目のない人間だったが、渡りに船とはこういうことを言うのだろう。我が娘の夫である親鸞を、殺させるわけにはいかない。いずれあの男は、野にいても一角《ひとかど》の高僧になる男だ。そのことは誰もが認めている。このわたしだって、そうおもっている。そんな男だからこそ玉日《たまひ》を与えたのだ。

九条兼実《かねざね》は、親鸞と玉日が一緒になる時のことを思い出した。親鸞を前にして、兼実は徳のある人間だと見たのと同時に、軽い嫉妬も覚えていた。なぜあの男は仏の道に邁進するのか。心底、見たこともない阿弥陀仏を信じているのか。

なにに対しても決してお座なりにしない。なにかを為すには手間暇がかかる。その過程が重要だと気づいている。自分自身が如来になろうとする菩薩《ぼさつ》のようではないか。

「のう、上人。わたしは女色にも明け暮れたし、多くの人々よりも我が儘を通せる身分にもある。好きな物を手に入れようとすれば、この世の多くのことは叶えられる。悪業もやったことだろう。公家と武士の争いにも加担した。死後は地獄道、畜生道、餓鬼道に落ちるのは必定だろうが、上人の、誰もが阿弥陀仏の信仰によって、逃れることができるという教えに頼って、こうして信心をしているが、わたしと対極にいるあなたは、幼い時分から修業に励み、浄土に行くという年齢になっても、人に施そうとしている。そのあなたとわたしが、同じ浄土に行けるとはどうしてもおもえぬ」

兼実は心に抱き続けていた疑問を法然にぶつけた。

「どんな人間であれ、心の中は同じでございます」

「よくはわからぬが」

兼実は法然の言っていることが判然とせず、訊いた。

「心は計り知れない闇と、深い洞窟を持っておりまする。自分の心持ち一つで、その闇で彷徨いますし、穴底にも落ちまする。またその闇や洞窟はいつでもできまする。親や子をなくせば、自分の因果を恨みます。病気になれば、我が身だけが不幸だと、暗い心になりまする。それは兼実様のようにどんな高貴なお方でも同じことで、ここにこうして御仏の力を求める者たちも一緒でございます。その真っ暗な闇に光を照らしてくれるのが、阿弥陀仏でございます」

「わたしも彼らも同じと申されるか」

法然は兼実の問いかけに、黙って頷いた。

「南無阿弥陀仏と称《とな》える者は、誰もが阿弥陀仏のおられる浄土に、参ることができるのです」

「どんな国であろうな。みんなが行きたがる浄土というところは」

「それはわたしにもわかりませぬ。ただ南無阿弥陀仏と唱和をしていれば、ここに阿弥陀仏が現われてくるのです」

法然は自分の胸を拳で押えた。

「誰もが行ける国を、なぜこの世で造られぬのかのう」

「それは邪心や煩悩が、絶えず心の中に湧き上がってくるからでございます。それを消すことができれば、月輪殿《つきのわどの》の言われる通りになりましょう。そうでないから、日々そうありたいと願って、唱和をしているのです。誰もがこの念仏の前では、等しく同じだということです」

「天子様も一緒ということか」

「左様でございます。阿弥陀仏の光がなければ、天子様も下人もありませぬ」

法然は天子という言葉を聞き、ほんのわずかだけ躊躇《とまど》いの表情を見せたが、毅然《きぜん》と言い放った。阿弥陀仏は自分たちがいるはるか以前からおられる。このお方がいなければ、そもそも浄土もこの世もありはしない。

「阿弥陀仏の元では、わたしたちはみな同じなのです。むしろ悔い改める悪人のほうこそが、その心の闇に、御仏の光を享けることができましょう。こうして世の中が乱れているのも、彼らになんの罪があるのでしょう？　あるのは働きもせず、好き勝手に生きる者たちの、罪でございましょう。都の権力者たちがそうでありましょうし、叡山の僧たちもそうでございます。貪欲な人間は、もっと貪欲な人間の真似をいたします」

「それがわたしたちということか」

「月輪殿は違います。こうしてわたしたちを陰日向なく助けてくれております。信心深いお方でござる。玉日《たまひ》様までも、下々の者と一緒になり、救いの手を差し伸べておりまする」

「だがわたしは善人ではない。欲もあるし、多くのおなごも必要だ。前生で、よほどなにかいいことを施したのか、現世では人も羨む生活をしておる。来世は地獄道に落ちるであろう。それを怖れて御仏に縋《すが》ろうとしている。叡山で女色に溺れている者たちが、来世もそうあってほしいと願っているのと、少しも違いはせぬ。すでにその兆候は現れていて、大方の土地もこの男たちに盗られてしまった。前世、現世、来世と、天上から地獄道に落ちているのが、このわたしだ。のう、為教《ためのり》」

九条兼実《かねざね》はそばにいる三善為教に視線を投げつけた。その目の中に侮蔑の感情があった。為教は、はっと畏《かしこ》まって頭を下げたが、動じている様子ではなかった。それどころか、兼実はそういうふうにかんがえているのかと合点した。

もうこの男は、土地を取り戻すことなど諦めているのだ。身分は自分のほうが下だが、その関係は逆転している。自分のような者たちを掻き集めて、土地を今一度取り戻す気力もないのか。しかしそれは本心ではないかもしれぬ。気は引き締めておかねばならぬ。

為教が、相手の気持ちを確かめるように顔を上げると、兼実の強い視線は注がれたままだったが、為教の視線と出会うと、すぐに光をゆるめてしまった。それから兼実は法然に向って、この男は、こんな時代になっても、わたしに以前と変わらぬ貢ぎ物をしてくれる、徳のある人間であるかもしれんなとからかうように言った。

為教はその言葉に応えず、おまえが自ら手にした土地ではあるまい、おまえたちが遠い昔、奪った土地を、自分が取り戻しただけのことだと言いたかったが、言葉を飲み込んだ。

無闇な軋轢はなんの役にも立たない。主人であった九条兼実と言い争っても、得をすることはなにもない。建前上は、これからもこの男が主人であることは間違いないのだ。

ただ他の武士のように、一切年貢を収めないということをしていないだけだ。この男のそばにいたほうがいいとかんじているから、そうしているだけのことだ。感謝されることはないし、そうしたいのはこっちのほうなのだ。

九条兼実と知り合わねば今の自分はなかったが、今更、彼がどんな目を向けても、おれはすでに鎌倉から知行権を受けている。兼実が文句を言えないのもそのためだ。そんなおもいで改めて兼実を盗み見すると、彼は法然の言葉に耳を傾けていた。

「旨い物を食ったり、女色に耽るということなどは、取るに足らないことでございます」

法然が兼実《かねざね》を見て言った。

「なにをやっても心が晴れることはない。人の幸福なんて、人それぞれというものかもしれん。わたしが前世で、多少の施しをし、こうして現世で暮らしていけたとしても、穢悪《あいあく》※の貴族にすぎぬ。その本性は煩悩まみれの不幸者だ。五月の空のように、すっきりと心が晴れることはない」

「幸も不幸も、みな我が身の心の内側にあるものです。幸福だとおもっていても、不幸に反転します。また逆転もありまする。それが世の習いでございます。月影のいたらぬ里はなけれどもながむる人の心にぞすむ、でございます」

阿弥陀仏のすべての人間を救おうとする本願は、月光のように、どんな者にもどんな里にも降り注いでいる。眺めた人間にしか月の光の存在がわからないように、南無阿弥陀仏と称《とな》えた者だけが、弥陀の本願によって、浄土に生まれることができるのだ。

法然が静かに詠い上げると、兼実は深く感銘したように頷いた。

「おまえもそうおもうか」

兼実は返答できないことを為教《ためのり》に訊いた。為教は頭を下げ黙っていた。おれが幸福でおまえが不幸というのか。それともまた自分が知行を取り戻すという暗示なのか。

「上人のように善行を施している者は浄土に行けるが、わたしみたいな悪行を行った人間も、また浄土に行けると説く。それは誠のことでござろうか」

九条兼実は法然に向って話をつないだ。

「阿弥陀仏を信じなされば、叶わぬものはなにもございませぬ。御仏に感謝し、日々、静謐《せいひつ》な心を持っていれば、この世とて浄土になります。阿弥陀仏の許に行けないはずがございませぬ」

「ならば上人。あそこにいる若い僧と、我が娘の玉日《たまひ》を夫婦にして、確かめてみてはどうか。妻帯しても阿弥陀仏の御加護があるかどうか。和尚もわたしも浄土に行けるかどうか。二人が夫婦になれば、そのことも悩まずともわかろう」

御堂で念仏を称えている親鸞と玉日の後姿を見て、兼実は言った。

※穢悪…けがれ。けがらわしいさま。

「あの善信《ぜんしん》※と玉日殿をですか」

「我が弟の慈円ですら、あの善信を信頼している。もっとも彼が得度《とくど》をさせた人間ではあるが、そういったこどもは、彼以外にもいくらでもおる。それなのに青蓮院《しょうれんいん》は、あの僧を誉めている。和尚だけではないのでござる。慈円が得度をさせ、そして今はこうしてここにいてござる。これもなにかの因縁。これこそ阿弥陀仏の導きかもしれぬ。その僧が、我が娘と一緒になってみれば、なにもかも見えてくるのではないか。そうおかしなことでもあるまい。あの善信の修行には劣るかもしれぬが、玉日《たまひ》とて、日々、阿弥陀仏への本願は忘れたことがない娘だ」

「よろしいでしょう。ではそうさせましょう」

法然はなんの戸惑いも動揺もなく応じた。

今度は兼実《かねざね》が驚いた。

「本当でござるか」

「阿弥陀仏への本願を願うのに、どんな問題があるのでしょう。阿弥陀仏の本願力のみを、他力というのです。弥陀の絶対の救いによって、わたしたちも救われるのです。

なんの障害がありましょう」

「ではそうするとしょう」

兼実が言うと、法然は善信を呼んだ。念仏を称《とな》えていた彼がやってくると、法然はそのことを伝えた。

「この月輪殿《つきのわどの》も申しておられる」

そう言われた親鸞は言葉に窮し、どう返答していいのか迷っていた。叡山のしきたりからすれば、この和尚はすべてに寛容だ。山にも女色を求めて遊興地に行く者は多くいたが、それはあくまでも秘密裏にやっていたものだ。

しかしここではなにもかも大っぴらに、包み隠さずやっている。猪肉を食う者もいる。実際、親鸞も言われるままに食った。畏怖する感情はあったが、歯応えのある美味なものだった。

食っている者に、なぜ与えたのだと訊くと、下々の者は、餓えて犬も鳥も食っている、だが誰も法難に遭っている者はいない。彼らになにもないのだから、自分たちに

※善信…親鸞の吉水入門後の法名。

もあるはずがないと言い切った。

それを聞いていた法然も、笑ってなにも言わなかった。親鸞は彼の言動には少なからず驚かされた。肉食も拒まなかったし、隠れて女色に走る者も咎《とが》めなかった。

法然はそれらのことに手を染めなかったが、すべてはただ阿弥陀仏を称《とな》えよという教え方だった。親鸞はそのことに対して、今まで自分が修行してきたことと違い、戸惑うことばかりだった。

これでは叡山の僧たちと同じではないか。そう応じると、法然はじっと親鸞を見据えていた。そしてまだ迷いがあるのかと問われた時、彼は、ようやく相手がなにをおもっているのか理解できた。迷いを捨て、阿弥陀仏の本願によって、あるがままに生きよと言っていたのだ。

それでも妻帯まで勧めるとはおもいもしなかった。そうまでするならば、もう自分は僧でなくてもいいではないか。彼は法然の言葉に呆然とし、自分を見失った。上人は自分を陥れようとしているのではないか。親鸞ははじめて法然に疑念を持った。

「上人様。それだけはご勘弁ください。わたしは仏に仕える身です。阿弥陀仏に恭順し、太子様や上人様の言葉を頼りに生きている者です。なにを信じていいのかわからなくなってしまいます」

若い親鸞の声は震えていた。

「ならぬ」

親鸞の声を打ち切るかのように、法然の声には力があった。

「どうしてでございます。どんなにかんがえても合点がいきませぬ」

「それは善信の中に、まだ人を差別する目があるからじゃ。おまえは誰から生まれた？誰を慕う？　女人であろう。母御であろう。わたしとて母の温もりを忘れたことはない。人を差別するということは、孤独に生きている人間を、もっと淋しくさせるということではないのか。ここに集まっている者たちを見よ。善信、自分をよく見ろ。わたしをよく見ろ。みんな淋しいからこそ、阿弥陀仏様にお縋《すが》りしているのではないか。この吉水で、分け隔てなく、男衆も女衆も集まってもらっているのは、そのためではないか。叡山と違うのがわからぬのか。おまえは下りた叡山を、また造ろうとしているのか。仏陀も妻子を持っていたのを、知らぬはずがなかろう」

法然の声は厳しかった。親鸞は抵抗した。

「なぜ、わたしでございます」

「それはおまえが、もっとも御仏を信じておるからだ。一番信じているおまえと玉日《たまひ》殿が、結ばれるのが一番いい」

「わたしも上人様のように、お一人で精進しとうございます」

「叡山や南都六宗※のように女人だから往生できない、不浄の身だからといって往生できないというのは、この吉水には誰もいない。おまえがそのことを拒むのは、まだ心の内に叡山への盲信が残っているからだ。阿弥陀仏は信ずる者をすべて、浄土に導いてくださる。念仏を称《とな》えれば、男も女も、富める者も富まざる者も、みな往生ができる。そのことを知らないわけではなかろう？」

法然は力強い言葉で言ったが、親鸞は承服しかねて体が震えた。その姿に追い打ちをかけるように、法然は言葉を続けた。

「人を恋うてなにが悪かろう。阿弥陀仏はなんでも知っておられる。悪いのは自分の心に嘘をつくことだ。そこを飛ぶ蝶でも、野山を飛ぶ鳥たちでも、夫婦ではないか。阿弥陀仏様が、人間だけにお赦しにならないはずがない。善信、おまえには女人の哀しみがわからぬのか」

古稀《こき》になろうとする師の声は迷いがなかった。親鸞は彼の言葉によって、あの赤山《せきざん》禅院の女人の姿を蘇らせた。彼女もまた哀しんでいたのだ。法然は彼女と同じ言葉を告げていた。

「慈悲を持って暮らせばいい。御仏を信じ、逆らわずにありのままに生きればいいのだ」

「一つだけお聞かせください」

それでも親鸞は諦めきれずに訊いた。涙が流れてしかたがなかった。

「上人様は、女人を好いたことがございますするか」

「ある」

※南都六宗…奈良時代の六つの宗派。三論宗・成実宗・法相宗・倶舎宗・律宗・華厳宗をいう。「南都」とは、後に京都（平安京）を北部といったのに対して、奈良（平城京）を指したものである。

法然のすかさずの返答に、親鸞の言葉がとまった。彼は動揺した。九条兼実《かねざね》も目を見張った。

「それでは聖如房《せいにょぼう》様※との噂は、本当だったということですか」

兼実はもっと驚いた。今度は老いた法然のほうが口を閉じた。聖如房とは後白河法皇の第三皇女として生まれ、出家し賀茂神社に仕えた式子内親王のことだ。歌人としても知られている。

「ではなぜあの臨終のおり、お出でにならなかったのですか」

「いずれ阿弥陀仏がおられる浄土に行かれる身です。わたしもいずれ参ります。あの世では、いつでも会うことができます。わたしが参ることで、あのお方の阿弥陀仏への祈りを、邪魔をしてはいけないとかんがえたのでござる」

「されば今でも浄土に参れば、聖如房様と添い遂げられるとおもわれているのですな」

兼実の問いかけに、法然は肯定するようにまた黙った。

「相思相愛でございますな」

兼実は再び驚き、茶化すように声を上げた。

「上人様はこの世でも、そうありたいとおもったのでしょうか」

親鸞が尋ねた。

「叶わぬものもあれば、叶うものもある。叶わぬとても、弥陀の許では等しく叶う」

「わかりました」

上人は自分と同じおもいをさせたくないのだ。親鸞はそうかんじたかった。法然の頬がようやくゆるんだ。

「ではわたしもそうさせよう」

九条兼実は御堂で念仏を称《とな》える玉日《たまひ》を見た。我が娘とはいえ美しいおなごだ。おなごとしての教養も気配りもある。

自分のような邪推と強欲に生きている人間とは違い、御仏も心から信じている。わたしと同じ血が流れているとは、とても信じられない。

人を疑うことも悪口を言うわけでもない。親のように、仏道を都合のいいように解

※聖如房…平安時代末期の後白河天皇の第三皇女。新三十六歌仙の一人。出家の際の導師が法然だったともいわれている。

釈するわけではない。もし彼女が男であれば、間違いなく一角《ひとかど》の人物や高僧になれたはずだ。

それがおなごというだけで道を阻まれる。理不尽という気もするが、この上人の許にくるようになって、生き生きとしてきた。誰よりも御仏の慈悲に縋《すが》ろうとしている。飢え、死に行く人々を、我が心の痛みとして受け入れ接している。

おなごとはいえ、阿弥陀仏に祈る気持ちは、あの善信にすら劣らない。なにごとにも弥陀が救ってくれるというなら、我が娘が畜生道《ちくしょう》や餓鬼道《がき》に落ちることはないはずだ。

上人を別にして、わたしが知る限り、この二人が最も阿弥陀仏の本願を信じている。その身を捧げているのだ。それに玉日《たまひ》は善信を好いている。ならば娘の願いを叶えてやるのも、親の務めではないか。弥陀の光を信じればいいのだ。

やがて二人は彼らの言うことを受け入れて夫婦となったが、この三善為教《ためのり》は、その一部始終を知っている。二人の仲は人も羨むほどだ。

僧が妻帯し、なおかつ肉まで食らっている。仲間からも蔑まれることがあったが、彼らは超然としていた。阿弥陀仏の他力によって、自分たちは必ず救われるし、二人にとって上人の言動そのものが、御仏の言動でもあるのだ。

しかし彼らには法難があった。親鸞もわしが引き取る形となり、この越後にやってきた。九条兼実《かねざね》も承元の法難以降、病気だ。床に伏しているらしい。

あの男もまた神経をすり減らしているのだ。その後の彼らの動向を知ると、あれを法難と言わず、なんと言うのか。御仏の怒りを買い、心身ともに奈落の底に落とされたのではないか。

世間では慈円や兼実が、死罪であった彼らを助けたという噂だ。わしには神仏を侮った天罰としかおもえない。彼らの怒りに触れたのだ。法然が、兼実に対して、いいことも悪いことも半々になっている、みな輪廻だと告げた。御仏に帰依することで、そのことから解放されると言っていたが、その御仏の罰を受けてどうする。

都で広まりつつあった法然の浄土宗は、もう栄えることはないだろう。むしろ衰退していくはずだ。老いている法然は、流された讃岐で生を閉じるだろう。

その浄土宗の教えを、真に受け継ぐのがこの親鸞だ。周りもそうかんじているし、本人もそのことを自覚している。

この若僧には覚悟がある。迷いがない。わしにはそう見える。なにごとも覚悟しなければ、自分の前に道は見えてこない。決心して、はじめて自分の進む道ができるのだ。この男はもうその道を歩いている。

その親鸞を越後にと言ったのは朝だ。我が娘も自分と同じように、この男を見ていたのではないか。常日頃から、あんなに立派な僧はいないと言っていた。玉日《たまひ》が、羨ましいとわらっていたが、その笑みの中に、親鸞への敬愛の情が見え隠れしていた。

朝は玉日の侍女として付き添わせていたが、よく育ってくれた。以前、そのことを伝えると、わしの生き方の逆をやっているだけだと応じた。言い方があまりにも唐突だったので、同じように苦笑しただけだったが、娘にもそういうふうに見られているのかと、落胆するものがあった。

確かにこの三善為教《ためのり》は、人に後ろ指を指されるような生き方をしてきた。恨んでいる者も多くいる。九条兼実《かねざね》もそうだろう。今はわしの下にいる土地の者も、似たようなものだ。彼らが自分の感情を押し殺し、我慢しているのは、こっちに武力と鎌倉がついているからだ。

だがこの僧や法然は違う。なにも怖がっていない。淡々としていて、むしろ不気味なほどだ。そんな感情が湧くのも、こっちに負い目があるからだ。ここまでなるには、卑怯なこともやってきたし、人に恨まれることもしてきた。それが自分の人生だったと諦めるしかないが、その二人がどんな人間でも浄土に行けるというのだ。

その言葉を聞いた時には、実にいいかげんな奴らだと鼻白んだが、今は、本当かと懐疑的になっている。わしももう老いた。生きたとしてもたかが知れている。精神も弱くなっている。そのことを正直に告げると、彼らは、二人とも、こんな人間でも浄土に行けるのだと言った。

示し合わせて言っているのか。あるいは多額のお布施でも取りたいのか、ともかんがえたが、それも違っていた。まるで浄土に行ってきたかのような口振りではないか。あいつらは本気で信じているのだ。

なんとも解しがたい気持ちになって若僧を見つめたが、柔和な笑みを戻してきた。それなら一つ信じてみるかという気分にもなった。

朝のお陰で、この僧が自分の手元にいるが、確かに法然もこの若僧も、尊敬することができる。実際に、分け隔てなく誰とでも接している。それは見事なものだ。感服するが、おれとは生き方が違うという意識は拭い去れない。こっちには打算がありすぎるのだ。

幸いにこの男は謙虚だ。欲望というものがない。こっちの地位を脅かされることもないだろう。彼の言動によって、一族郎党の関係を堅牢なものにしたい。阿弥陀仏への信仰を、わしへの信仰と重ねてもらえばいいのだ。

武力だけの力では人を威圧することはできても、心から従わせることはできない。それは自分自身が一番知っている。人々を穏やかな気分にさせることが、なによりも大切なのだ。そうしなければ人は懐かない。靡《なび》いてはこない。

三善為教《ためのり》はそこまで思案し、そばの親鸞に目を向けた。親鸞はじっと見つめている土地の人間の視線を避け、自分が今やってきた海原に視線を投げた。涼しげな目をしている。どうしてそんな濁りのない目をしているのだ。

為教は節くれだった手で、おもわず自分の目を擦った。いつも人を寄せ付けない、怒っているような目だと朝に言われた。返答に窮したが、緊張して生きていれば、目付きだって変わるだろう。

そのお陰でおまえたちは、人様より楽に暮らしてこられたのではないか。そう言ってみたかったが、言ったところで、家族に煙たがられるだけだ。この僧のほうが、それだけ心穏やかに生きてきたということだろうが、確かにこの男は人を惹きつけるものがある。

「直助。このお方は、わしが誰よりも尊敬しているお人じゃ。またわしやおまえたちにも、なくてはならない御仁じゃ。心身ともに頼りになるお方だ。よろしく頼むぞ」

三善為教は周りの人間にも聞こえるように、改めて大きな声で言った。

「任せてください」

直助がすかさず応じた。

「本当だろうな」

「わしはこの御坊と、さっきまでずっと一緒におったのです。どういう人だか、みんなよりわかっております」

直助は仲間に胸を張った。

「おまえがそういうのだから、尚更に違うまい。おまえたちも心してお世話をするように」

三善為教《ためのり》の言葉に親鸞は面映《おもは》ゆかった。命など都を出る時には、もうとっくに捨てている気でいた。上人のお供ができないことも心を沈ませていたし、生まれてまもない息子だけでも助けられたことを喜んでいたが、自分の命は越後に行くまでには、ないものだと思い込んでいた。

それがこうして歓待も受けている。もしこのことが本当のことなら、三善為教に言われずとも、我が身をこの越後の民に捧げよう。雪深いこの土地を、阿弥陀仏の御加護によって、現世の浄土としよう。それが自分の宿命かもしれぬし、この一身を民とともに捧げることによって、自ずと道が啓けてくるはずだ。

親鸞は取り囲んでいる民たちを見た。華やかさはないが、都よりも人々は生き生きとしている。慈円様は公家の時代には戻らないと言われたが、あの言葉は本当のことかもしれない。都にいれば公家たちの存在は大きいが、こうして遠くまでやってくると、彼らの姿はどこにも見えない。

それに都にいる人々よりも、ここの民のほうが表情があるのだ。それは彼らのほうが、満足な暮らしをしているからではないか。物怖じしていない。誰もが近しいのだ。

「御坊はもう気心が知れております」

直助は出っ歯を見せた。

「ずいぶんと気安いな。くどいが、この方は立派なお方だ。そのためにはわしもお助けできることは、なんでもするつもりじゃ」

三善為教は声が村人たちに、はっきりと届くように声を張り上げた。

「よろしくお願いしますわね」

百姓たちが口々に言った。親鸞は返事の代わりにもう一度彼らに向って合掌をした。

その時、郎党の田村光隆だけは顔を背けていた。親鸞は一瞬心に引っかかるものを覚えたが、心当たりはなかった。気のせいだと思い返し、村人たちの人の良さそうな笑顔に目を向けた。

次の日、三善為教《ためのり》は土地の者たちを集めて宴を催した。供宴の中央に親鸞を座らせ、漁師や百姓たちが持ってきた魚や煮付けを勧めた。親鸞がそのどれもに箸をつけると、冷たい視線を投げつけている者も出てきた。だが彼は出された料理の一つ一つの味のことは口にしなかったが、その表情は満足そうだった。

「これは近くの池で獲った鴨、これはそこの海から釣り上げた鯛、この野菜は百姓が丹精につくったものでござる。この越後は海や山の自然に恵まれ、豊かな国でござる。清水も酒も旨いものです。これで冬に雪が降らなければ、こんなにいい国はございませぬ。もっとも雪が降らねば、山からの水で稲も野菜も育ちませぬがな」

三善為教は箸で鯛の切り身を取り上げ、旨そうに食った。親鸞は為教の言う通りだとかんじた。近くの里山には山桃が赤く実をつけているのを見たし、柿や桃が実を膨らませているのも見た。山桃の実を取ったこどもたちが、彼にも分けてくれ、それを口に頬張ったが、甘酸っぱい味が口の中に広がった。

朝が真っ白な塩を持ってきて、これをつけて食べるともっと美味しいと言った。言われるままに果肉につけて食うと、一段と甘みがました。高価な塩もふんだんにあるのだ。

一潜りすれば鮑や栄螺《さざえ》も採れる。小舟に乗り釣り糸を垂らせば、食べたこともない魚も釣れる。野にはあおい稲穂が実り、川にも鯉や鰻がいる。仮に飢饉がきたとしても、都の人間たちのように餓死することもない。

三善為教は、いざとなったら穀倉にある米を放出すると言った。万に一、百姓たちがそんな目に遭えば、一番困るのは自分たちだ。一族郎党だけが潤ってはいけないし、いい土地だと知れば、他国から人も集まってくる。

そうすれば商いもできる。自分たちがつくったもので、別の物を手に入れることもできる。また自分の生活も潤うと、為教は胸を張り表情を崩した。

ひょっとしたらこの男は、都の公家たちの誰よりも世の中が見えているのではないか。出自を隠そうともしない。むしろ誇りにしている。孤児同然から今の地位を得たことを堂々としゃべり、誰にも自分と似た機会が与えられていると言う。

自分のような者が次々と現れては、新たな土地争いが生まれるということを、本人自身が一番知っているはずなのに、大っぴらにしゃべっている。それはすでにゆるぎない自信があるということか。

それとも郎党や百姓たちに慕われているとかんじているからなのか。この人間を見ていると、慈円様が言ったことが、真実のことのようにおもわれてくる。あのお方は、もう公家の時代は終わったと断言された。慈円様の鎌倉の威光がなければ、我が身の命もなかったはずだ。

こうして越後へきて事なきを得たが、陥れた高僧たちの歯軋りが聞こえてくる。彼らは仏に仕える身でありながら、上人をはじめ自分たちに極刑を求めていたのだ。上に立つ者の人心が乱れていれば、それを見ている者たちの心だって、乱れないはずがない。

それを阿弥陀仏の信仰によって、いい世の中にしようとされていたのが法然上人だった。しかし高齢なあの方とは、もう生きて会うことはあるまい。

それなら自分が我が身を捨て精進するしかない。常にそのことはかんがえて生きているが、こうして陽気にはしゃいでいる者たちを見ていると、改めて都のほうが悪霊漂う土地だ。

そのことを知っただけでも、ここに流されてきた価値があると親鸞はおもった。この国は広い。もっと見聞きしなければいけない。自分は都周辺の狭い土地しか知らなかったのだ。

ここには煌びやかな生活をしている者はいない。三善為教《ためのり》だって陽に焼け、褐色の肌をしている。指先もごつごつと節くれだっている。彼もまたみんなと一緒に田を耕しているのだ。

だがこの土地の者は、都の者たちよりも生気があり、表情が明るい。こどもの泣き声ですら違う気がする。都で聞くこどもたちの泣き声は、いつもなにかを訴えているように泣いていた。

多分、親のささくれだった感情を察知して泣いていたのだ。子も親も空腹だし、満足に寝る場所すらない。人々は寺社の本堂や本殿、洞穴の中で溢れるように住んでいた。

越後の民は日々の仕事で疲れてはいるが、よく笑うし、よく踊る。なにが嬉しくてあんなに踊るのか。酔った者たちが座敷の中央に出ては次々と踊っている。それを見ている三善為教《ためのり》も愉しそうだが、この男も都と越後にいる時では表情が違う。九条兼実《かねざね》と法然上人の許にやってきた時は、いつも腰が低く慇懃《いんぎん》だ。時折のぞかせる鋭い視線を見せる以外は、忠実な犬のようだった。人を殺める武士とは、こんなに公家に対してへりくだるものなのかと、見て見ぬふりをしていたが、越後にいる時の三善為教はまるで別人だ。

豪快に笑うし、郎党や百姓にも気を遣っている。配慮しているのだ。どうすれば彼らが振り向いてくれるかということを熟知している。酒も肴もふんだんに出す。都であれば毎日がご馳走を食っているようなものだ。

そのことを為教に言うと、今日は自分がきたから特別だと言った。飯の旨さはまた格別なものだった。驚いていると、秋になると、もっと旨い新米を口にすることができると言った。一体どんな味なのか。都では白い飯を食うことはできない。もっとまずい飯でも口にすることができないのだ。

為教は都で、こんなものを食べているとは一切言わなかった。言えばせっかく手に入れた土地と百姓を、また公家や寺社に奪われてしまうとでもおもっていたのか。九条兼実に傅《かしず》き、絶対に異議を唱えることがなかった。兼実が間違ったことを言っても、その言葉を質さなかった。

犬や牛馬のように、兼実の言う通りに行動をした。むしろ腹の底では眼中になかったのかもしれない。この土地を守ることだけを、かんがえていたのかもしれない。

いや一度だけ、為教が兼実の言うことに抗ったことがある。親鸞が吉水の里に行って間もない頃のことだ。一人のやつれ切った老人が、よろよろと倒れるように、兼実の足元にしがみつくようにやってきた。

歯はすでになく、しわがれた口腔は深く窪んでいた。白濁した目も凹み、ものは見えていないようだった。顔にはいくつものしみが浮かび上がり、骨だけの手で兼実の裾を握った。

兼実は怯えた声を発したが、それを払い除けることはできなかった。老人は力の入らない震える手で、相手を見上げて、なにかを訴えるような仕草だったが、すでに声にならなかった。

三善為教《ためのり》がすかさず前に出て手を外そうとしたが、指先は裾に食い込んだみたいに取れなかった。兼実が足を強引に引くと、老人が咳き込み、真っ赤な血を裾に吐いた。為教は手を離すことを諦め、腰の刀を抜いた。

「為教」と制止する九条兼実の引きつった声が飛んだ。だが彼はその言葉に従わず、金属の擦れる音を残して刃を抜き切った。白い光が反射したが、老人は口腔《こうくう》を広げて見上げているだけだった。

「都で殺生はいかん。穢れはいかん」

為教は兼実の声が聞こえないというふうに無視し、持っていた刀剣の尖った先で、老人の喉仏を突き刺した。相手は咳き込むようにごぼっと声を上げたが、深く入った刀先が抜かれると、ゆっくりと蹲《うずくま》るように倒れた。

周りの人間から悲鳴が響いた。為教は顔色一つ変えず、まだ息のある老人を見下ろし、留めを刺そうとしていた。するとそばにいた田村光隆が、自分の刀を老人の胸元に突き刺した。相手は痩せた体を痙攣させ、やがてそれが小刻みになってくると果てた。

「不浄をするなと言ったではないか」

「生きたとしても、今日か、明日の命でございます。楽にさせてやるのも、供養というものです」

三善為教が応えると、郎党の光隆も同意するように頷いた。

「なんということをする。恐ろしや」

「兼実様をおもってのことでございます」

「災難があったら、なんとする」

「この為教が庇《かば》いまする。その災難もわしと光隆が負いまする」

為教はきっぱりと言った。

「苦しんでいるのを助けるのも武士というものでございます」

「人を殺すのもか」

「左様でございます」

「田舎者は恐ろしいことをする」

兼実がそう言った時だけ、わずかに為教の顔色が変化したが、彼はその表情をすぐに消した。それから光隆に顎をしゃくると、郎党たちが老人の細い体を引きずり、道端に運んだ。

為教《ためのり》は元の表情に戻したが、明らかに兼実《かねざね》の言った言葉に反応していた。その心に、おまえたちはいつもなにもできずに、いざとなったら狼狽《ろうばい》しているくせになにを言っている、という感情が一瞬だけ露呈してしまったのだ。

そして彼が無表情で老人を刺し殺したのを見せたのも、兼実たちに対しての脅しとも、見せしめともとれた。おまえたちだって逆らえばどうなるか知らないぞという恫喝でもあった。

「武士はこれだから恐いのだ」

九条兼実は死んだ老人よりも、そばにいる為教のほうが薄気味悪いというふうに、目を逸らした。

「月輪殿《つきのわどの》。われわれは本当に恐いかもしれませぬぞ。こうして人間とて、犬や猪と同じように平気で殺しまする」

その目は、おまえだって例外ではないぞと言っていた。為教と光隆は視線が合うと、誰にも気づかれないように笑みを浮かべたが、あの時の、人々の心を凍てつかせるような姿は今はない。

百姓たちに剛毅に振舞い、陽気な声を上げる姿は、どちらが本性なのかと親鸞はおもった。両方とも彼の姿に違いはなかったが、その凶暴性とやさしさは、どこからくるのか。

家族や自分の周りにいる人間には、大きな愛情を注ぐ。そうではない者には、心を開こうとはせず、自分で判断するまで用心深く探る。力がない者、卑小な人間だとわかれば、どういう立場の者であれ容赦なく切り捨てる。

多分、あの時、九条兼実はその対象になったのだ。彼の身を守る者として接していたが、敬っているようには見えなかった。時代とともに力関係が変化しつつあったが、彼の中では、九条兼実はまだ利用価値のある人間として存在していたのだ。

平然と老人を殺した三善為教を、武士だからといって単純に片付けてしまうだけでは、この人物を知ったことにはならないだろう。非情か慈悲かは判然としないが、衆目の中で表情も変えずに刺し殺した行動には、得体の知れないものが棲みついている気がする。

生きるためには理不尽なこともしなければならない。あの吉水でのできごとは、彼が言うように本当のことだったのかもしれない。老人は確かにあと一両日で死んだだろう。為教《ためのり》の見立ては間違いではなかった。それを楽にしてやったのだと言うが、あれは本心だったのかしれない。

それにしてもあの老人は、月輪殿《つきのわどの》の裾を握ってなんと言いたかったのだろう。同じ人間として、どうしてあんなに身分の差があるのか。一方はあの歳まで飢えというものを知らない。一方は人生において、一度でも腹を充たしたことがあるのかとおもうほど、痩せ衰えていた。老いては見えたが、まだ若かったのではないか。

親鸞はそんなことを思い返していると、箸がとまった。あの男も都などにいずに、この越後にでもいれば、ああして死ぬこともなかったに違いない。三善為教は、越後はいいところです、と何度か囁いてくれたが、その越後にこうしてくるとは夢にもおもわなかった。

そして宴がはじまろうとする時、屋敷の外に一人の老婆がいた。髪ももう何日も洗ったことがないのか、かたく強張り、皮膚も乾き切っていた。

彼女は宴会があることをどこからか聞いてきて、屋敷にきたようだった。その姿を見た為教は、顔馴染みなのかやさしい声をかけ、その格好では上げてやれないから、裏にまわって体を洗ってこいと注文を出した。

その老婆も上がり框でみんなと一緒に食している。親鸞が気になって時折視線を向けていると、三善為教は、親鸞様は、いつかの男のことを思い出しているのだろうと訊いてきた。親鸞がそうだと正直に答えると、この越後では、誰一人として都の人間のようにはしないと強く言った。

この女だって、昔はずいぶんとこの土地のために貢献してくれたのだと教えてくれた。今は独り身だが、亭主が生きていた頃には、二人で新田開発に力を注いでくれたし、近くの川から新川を造って、水を田に引っ張ってくるように進言してくれたのも、彼女たち夫婦なのだと言った。

こどもがおらず、親戚から後継ぎをもらい受けたが、その子を流行り病で亡くした後は、生きる気力も失せたのだと告げた。その老婆は黙々と食い物を口に運んでいる。

「生老病死《しょうろうびょうし》は誰でも抗いきれませぬ。この女もそうですし、わたしだって同じことです。草木や他の動物や人間だって同じことです。それにここにいる者はみんなが一族で、わしがたまたまその長でいるだけにすぎませぬ」

「ご立派です」

三善為教《ためのり》は陽に焼けた顔を綻《ほころ》ばせた。

「近頃は自分がこうしているのも、ただの役回りみたいな気がしておりまする。上人様のところへ通うようになりましてから、余計にそうかんじるようになりました。この世に生きている者は、みんななんらかの役回りによって、生かされている気がしておりまする。中にはいい役回りも悪い役回りもありますが、さして違いがない気がします。この老婆を母ともおもっておりまする。もう半分は惚けていますが、誰かが小馬鹿にしましたら、ただではすまさないぞと言っておりまする」

「それはなによりでございます」

「親鸞様はわたしが吉水で、あの男を刺したことと、こうして老婆の面倒を看ることを、不思議におもうておられるのでしょう？　吉水のあの男は、もう直に亡くなることがわかっておりましたし、元気な時には、上人様がなにをしてもいいことを理由に、あの庵にある物を持ち出しては、金品や食い物に代えておりました。どうしょうもない男でしたが、すでに不治の病に罹っておりました。あれ以上生かしておいては、九条様にも吉水にいる者たちにも感染する懼れがありました。それで死体も燃やしてしまったのです」

為教はそれにと言いかけて言葉をとめた。親鸞の目の中に、血痰を吐いた玉日《たまひ》の姿が浮かんだ。彼は玉日のことを言いたかったのだ。

「あの男のことは気になっていたのです。一人のためにみんなが困るようになることはいけません」

親鸞はそれだけのことだったのだろうかとかんがえた。自分の恐さを周りに知らしめるためには、十分すぎるほどだったはずだ。兼実《かねざね》だけを同じ目に遇わせようとするならば、この男だったら簡単にできることだ。

兼実を信用しているというおもいは為教にはあるし、兼実の身分と地位をかんがえれば、利用価値は十分にある。賢い為教ならば、そのことを計りにかけないはずがない。

「為教《ためのり》殿はやさしい方なのですね」

「極悪人だと言う者はこの越後にもたくさんおります。都にはもっとおるでしょう。九条様が救ってくれておるのです。それにわしが極悪人でも、ちっとも怖くはありません。上人様も親鸞様も、わしのような人間のほうが救われると言われておりまする」

為教は乾いた笑い声を上げた。

「これだけ善行を施されているのですから、決して悪いわけがございません」

「阿鼻叫喚《あびきょうかん》※の地獄に落ちたとしても、それはそれで、しかたがないことをやって生きてきました。一体にこの世に生きて、悪いことの一つもしないで、あの世にいく人間がいるのでしょうか」

「誰もおりません」

「法然上人様も親鸞様もですか」

「だからこそ阿弥陀仏の前では、誰もが平等なのです」

「人それぞれに生き方が違いますのに」

「浄土では同じでございます」

だといいんですがねえと為教は言って黙った。その彼がそばでしきりと酒を飲んでいる。それから朝に、親鸞にも注げというように目配せした。

朝は親鸞に徳利を傾けた。彼は食事だけでいいとやんわりと断った。彼女は持っていた徳利をどうしていいかわからないという様子で、はにかんだ笑みを見せた。

「非僧非俗という言葉は便利なことでございますな」

朝の仕草を見ていた田村光隆が脇から声をかけた。彼はあからさまに笑い、もう一度、都合のいい言葉だと声を押し殺して言った。

「どういうことでございましょうか」

親鸞は自分に向けられた言葉だと知って神妙に訊いた。

「みんなと旨いものを食う時には非僧で、説教をする時には非俗ということでありましょうが。その時々で自分の好きなように代わられる。まったく都合のいい身の処し方ではないか。お公家様出の僧は、なんでも自分に都合のいいように解釈して、殺生
※阿鼻叫喚…非常な辛苦の中で救いを求めること。悲惨でむごたらしいこと。

したものも食らうし、女色にも明け暮れる」

親鸞を見た光隆の口元が歪んでいた。

「今のわたしは藤井善信《よしざね》※という人間でございます。この名前で裁かれたのですから、僧ではございませぬ」

「だろうな。魚を食らい、鴨肉を食らい、挙句《あげく》には都に妻子もいる」

光隆は粘っこい口調で言った。

「ではあなた様はわたしになにを食べよと」

「竹の子でも芋でもよかろうも」

「それらには命がないとおっしゃるのですか」

親鸞は問い質すように訊いた。高飛車に言っていた光隆の声がとまった。

「この世に生きていないものなど、ただの一つもございませぬ。どんな草木でも、我が命を明日につなげようとしておりまする。ほれあの柿でも、山桃でもみな同じでございます」

「それは屁理屈というものだ」

「ああしてたくさんの実をつけるのも、彼らが子孫を残そうと必死に生きているからです。それを動物が食べ、また人間が食べているのです。この野菜たちもみなそうでございます。世の中はすべて輪廻転生《りんねてんしょう》なのでございます。来世ではわたしたちが鳥や柿で、鳥たちがわたしたちになるかもしれませぬ」

親鸞は真剣に伝えた。

「ならばなぜ酒を飲まぬ？」

酔って赤い目をした光隆は、一層見開いた目を血走らせた。

「飲めぬのでございます」

「なんと？」

光隆の視線がゆるみ、わらいが洩れた。

「まことか」

「嘘はつきませぬ」

「酒を飲めなくば、人生もおもしろいものではなかろう」

※藤井善信…配流時の親鸞の俗名。

「そんな人生はとっくに棄てております」

親鸞は自分の言葉が尖っているのに気づいたが、言い放ってしまった。光隆の表情がまた厳しくなった。

「では愚禿僧《ぐとくそう》の人生とはなんでござるかな」

光隆が嫌味を言った。

「なにもかも阿弥陀仏に帰依することでございます」

「猪肉を食らい、生きた魚を焼いて、その身をしゃぶるのは、阿弥陀仏の教えだと言われるのか」

相手の声が畳みかけるように続いた。

「愚禿殿が酒を飲めぬのも阿弥陀仏のせいだと申すのか。妻を持ち、子を生むのも、仏の力だと言われるのか。あれはいい、これは悪いと分けることなど、笑止なことだ」

絡む光隆に親鸞は平然としていた。

「いみじくも今、光隆殿が言われたとおりではございらぬか」

「なにをわしが言った？」

「只今、あれはいい、これは悪いと分け隔てすることは、よくないことだと言われました。だからわたしもみなさんと一緒に、こうして美味な物をいただいておるのです。諸々の命をいただいて、わたしたちも生きているのでございます。だからご馳走様と感謝するのです」

「それと酒が飲めぬこととは、別のことだろう」

「光隆殿もその吸い物に、手を出されてはいないではありませぬか」

「わしはこの貝の匂いが苦手なのだ」

「蜆《しじみ》はそれこそどこの川にでもおりまする。飢えを凌ぐ最善のものではございませぬか。滋養もございます」

「口にできぬものはできぬ」

酔った光隆が声を荒げた。

「それはどうしてでございますか」

「あの湯気の匂いが、堪らないのじゃ」

「人間、誰しもそういうものがあるのではないですか。光隆殿が蜆で、わたしがお酒ということにはなりませぬか」

親鸞が静かに言うと、光隆は返答に詰まった。すると突然、三善為教《ためのり》の高笑いが届いてきた。

「光隆、いいかげんにせんか。おまえの酒はいつも絡み酒になる。それに一本取られたではないか」

「取られてはおりませぬ。屁理屈に応じるのが馬鹿らしくなっただけでございます。愚禿僧だとか、非僧非俗などと言いおって、その時の都合で我が身をころころと変えているだけのこと。ならばわしらは、この方にどう接すればよろしいのでござるか」

田村光隆はいきり立ち、その感情を押え切れないのか、為教に向けた。

「少し言葉を慎まぬか。誰の許しを得て、親鸞様にそんな口を利いておる。わしがお連れしたお人であるぞ」

「この僧がわしらとどう違うのですか。法衣を纏っているだけのことじゃ。それに自ら非僧非俗と言うておる。どこが違うのか、まったくわからん」

光隆は自分で白濁した酒を注ぎ、一気に飲み干した。

「それは今だけのことだ。僧を裁くわけにはいかぬから、一度僧籍を剝奪されたから、そう自嘲気味に言われているだけのことだ。このお方が藤井善信様であっても、それは世俗の話じゃ。僧であることには変わりはない。それが証拠に配流《はいる》の身となった今でも、念仏を日々称《とな》えられているではないか。それがおまえにはわからぬのか。それともわかりたくないとおもっているのか」

三善為教の言葉は力強かった。酔って踊っていた者たちもいつの間にか静かになり、誰もが聞き耳を立てていた。

「おまえの目が曇っているだけのことではないのか。その曇らせているものがなんなのか、かんがえたほうがいい。なによりも重要なのは、生きる姿勢ではないのか。わしもおまえも、そうして生きてこられたから、今があるのではないか。そのことを忘れては、今までやってきたわしたちの生き方が、水の泡となってしまうではないか。確かに人には言えない難儀なこともあった。決して人に言えないこともやってきた。敵対する者を殺めたこともある。それもここにいるみんなが生きるためではないか。何度も言うが、わしもおまえもこうしなければ、生きてこられなかったから、こうしているだけのことだ。ここにいる一族郎党が、ばらばらになれば、また他の者たちが襲いかかってくる。血生臭い戦いがはじまるだけのことだ。それをわかっていて、光隆、おまえは親鸞様にものを言っているのか」

三善為教《ためのり》は酒の力もあるのか、息も切らせずに言った。

「仏に仕える身が、なにもかもみなわしらと同じでいいのですか」

光隆は為教の威圧した言葉に、戸惑い気味に訊いた。

「いいのだ」

「なぜでござります?」

「それはもう先程の親鸞様の言葉にあろう」

「わかりませぬ」

光隆はすかさず返答した。

「言葉こそ人格をつくるということが、わからないはずがなかろう。わしたちは相手の言葉を頼りにして生きておるのだ。わしはおまえの、おまえはわしの。おまえもわしも、あの吉水の法然様に縋《すが》ったのは、あの上人の言葉を頼りにしていたからではないか。それは九条兼実《かねざね》様も同じことだ。上人が一番信頼している親鸞様に対しても、同じことではないか。兼実様が親鸞様を姫君と一緒にさせられたのも、そういうおもいがあったからではないか。そのこともおまえは知らぬというのか」

三善為教が今度は諭すように言うと、あたりからどよめきが起こった。それはすぐに声を潜めた話に変わったが、目の前の配流の身の非僧が、九条兼実の姫をもらっていたという驚きであった。彼らの視線が親鸞に集中した。

「それがわからないおまえではないはずだ。どうして親鸞様に突っかかる。普段のおまえらしくない。無理に難癖をつけているようにも見える」

「わしらと変わらぬなら、なにを信じていいか迷うではありませぬか」

「それはわしらも同じだろう？　武士と言っても鍬も持つし、田植もする。百姓と違わぬ。違うのは、いざという時に武士となって、みんなを救う。押し寄せてくる者も、撥ね退けねばならぬ。武士とおもうか、百姓とおもうかは、自分の心持ち一つではないか」

「非僧非俗とはそういうことではないはず。僧と武士は違いまする」

光隆はどこまでも自分の意見を通そうとしていた。為教《ためのり》が小さな吐息を洩らすと、すぐに光隆は言葉をつないだ。

「僧は人を殺めませぬ」

「そうとも言えまい」

為教はすぐに打ち消した。

「なぜそうおもわれまする?」

「光隆よ。世の中や都のことを一緒に見てきたではないか。叡山や都の僧たちを見ろ。自分たちの寺領を守るために、彼らがなにをしている? 武士と同じように刀や長刀を持ち、敵対する者を仏敵と言って殺める。仏に仕える身の者が、やってはいけないことをやっている時代なのだぞ。それに宗門の違う者同士も争うし、今度の事件などは、その典型ではないか。上人様や親鸞様がどんな罪を犯したというのか。それに坊主どもも、親からの世襲になっているではないか。仏門が荒れているのも、そのためではないか。それをお二人が清め、改めようとされているのではないか」

為教は親鸞の前で坊主と言ったことを謝り、光隆は酔いすぎているのだと庇《かば》った。

「そうであっても納得ができませぬ。見たこともない浄土がどこにあるのか。ここにいる者が、誰か一人でもいるのですか。弥陀を見たという人間がいるというのですか」

それでも光隆の声はとまらなかった。一体、彼の心の中でなにが起きているのだという不信感が、為教の表情に現れていた。

「それ以上暴言を吐くと、このわしも怒るぞ。もうたいがいにしておけ」

為教が急に穏やかな口調で言った。彼が本気で感情を高ぶらせているのを、周りの者ははっきりと意識した。

「光隆様」

朝が周囲の緊張した雰囲気をかんじて声をかけた。

「もう酔うておりますが」

朝がそばに寄り、光隆の盃に酒を注いだ。彼は無言で受けていたが、急に表情をゆるませた。

「こういう時おなごは役に立つのう」

二人を見ていた為教が人中を広げた。そう言われた朝は、ちらりと親鸞を盗み見して恥じらいを見せた。ながい黒髪の下から白い項が覗いていた。

するとと光隆がまた険しい目を向けた。それを制止させるように朝が目配せすると、光隆は目を背けた。それから腰を上げた。

「どこへ行く?」

「酔ったようでございます。夜風にでも当たってまいります」

おお、そうかと為教《ためのり》が安堵した声で促した。立ち上がった光隆はよろけたが、廊下に姿を消した。

「あの男はわしの片腕としてやっておりますが、酒が入るとああいうふうになってしまいますので、ちょっと心配はしておるのです。ですが朝が宥めると、わしが言うことよりも利いてくれます。好いておるのかもしれません」

為教は自分の娘を注視し、親鸞様のことを嫉妬しているのかもしれないとわらった。

「あの男は八歳の時から、そばに置いて面倒を看ました。元は腹を空かした乞食同然の子でした。父親も母親も黒姫山の近くで暮らしておりましたが、悪党たちによって殺されてしまいました。それで拾ったのですが、わしの生い立ちによく似ておる気がしましてな。またあいつも人一倍恩義をかんじて、尽くしてくれておりまする。そうなるとこっちも一層かわいくなり、今は手代と言ってもいいくらいになりました。物事が白であっても、わしが黒だと言えば、あいつはそういう見方をしてしまう男です。そこが難点と言えば難点ですが、そういう生き方をさせてしまったわしにも、責任がありまする。どうぞ親鸞様、あいつのことは悪くおもわないでください」

「わたしは恨みも悪意も持ちませぬ。むしろあのお方には、なにかと世話をやいてもらい、感謝しております」

親鸞はそこまで言って、田村光隆がなぜあんな態度をとるようになかったのかと思案した。心当たりになるものがなにもない。吉水にいる時は、いつも朝のそばにいて、玉日《たまひ》共々よく世話をしてくれた。玉日だって感謝していたはずだ。

それが今では別人のようだ。それも自分がこの越後にくると知った時から豹変した。こちらが罪人となったから、そうしているのか。しかし朝殿には従順だ。逆らうことは一切しない。こどもの頃から一緒に育ってきたというが、本人自身も兄とおもっているのかもしれない。

親鸞は田村光隆が一向に理解できなかった。あれほど親切だったのに、なぜあんな接し方になってしまうのか。こちらが、なにか気の障ることでもやったのだろうか。父母を失い、一人身で生きてきた彼には、他人が入っていけない心の闇があるのか。あるいはなにか鬱積《うっせき》した感情があるのか。

たとえそうだったとしても、この親鸞だって似たようなものだ。それは彼をかわいがっている三善為教《ためのり》だって同じことではないか。叡山に上がってからは、弟妹がどういう生き方をしているかさえも知らないのだ。

学僧として日々不断念仏を称《とな》えて生きてきただけだ。もし我が身を信じることがあるとすれば、誰よりも厳しい修行をやってきたということだけだ。幸いにも阿弥陀仏に生きる力を授かったが、それまでは自分のことだけで精一杯だった。

それが変わったのは法然上人の許に行ってからだ。またあの上人の生き方を目の当たりにして、自分ももっと頑張らねばという感情も強く生まれてきた。

「月輪殿《つきのわどの》はあまりお体が芳しくない。上人様も親鸞殿ももう吉水にはおりませぬ。わしが都に行くことも少なくなりました。それに玉日《たまひ》様はあのようになってしまいました。親鸞様の心痛は察して余るものがござる。この地におられまして、どうぞ気楽にやっていただきたい」

三善為教は話題を変えるように言った。そばで朝が小さく頷いた。上人や自分が信ずる阿弥陀仏の威光を、ここで広めればいいのだ。讃岐へ配流《はいる》の身となった上人も、きっと同じことをやられるはずだ。

「ありがとうございます」

「あなたからそんな言葉を聞くつもりはありません。あなた様がどういう方かということは、何度も吉水に行ったわしが、誰よりも知っております。その評判を知らない者はおりません。そんなことは光隆も十分に知っているのに、あの態度です。今度ああいうことをしますと、わしが許しませぬ」

三善為教はまた詫びた。よほど光隆の言動が気になっている様子だった。親鸞は為教の表情を見つめた。笑いかけているが、その裏側に自分が知らないおもいがあるはずだ。でなければ越後に呼ぶはずがない。

表向きは慈円様や九条兼実《かねざね》様の意向ということになっているが、ではなぜこの地の配流の身となったか思案すれば、やはりこの三善為教《ためのり》の姿が浮かび上がってくる。その背後に親や鎌倉の力があったとしてもだ。

親鸞はここにくるまで、そのことには気づかなかった。それどころかいずれ日本海の藻屑《もくず》となるはずだと思い込んでいた。これでようやく阿弥陀仏の許に行けるのだという気持ちもあった。だが一方ではそうなることの怖れもあった。

「いつまでもこの地におられればいいのです。そのうち世の中も変わりましょうし、わしが生きている間は、親鸞様をお守りします」

三善為教は恭順の気持ちを表すように頭を下げた。朝も微笑んでいた。

「過分なお心遣い、感謝いたしております」

確かに為教の言う通りだ。今はじっとしているしかない。どの土地でも阿弥陀仏の教えは広めることができる。親鸞はそう思い返し、力強い視線を為教と朝の親子に向けた。

再び宴に活況が戻ってきて、百姓たちの踊りが繰り広げられている。彼らの顔は朗らかで、親鸞はまた、都ではこんなことがあっただろうかとかんがえた。都の人間がこの光景を目にしたら、どんな気持ちを抱くだろうか。

ここにいる者たちもそれぞれに哀しみや苦しみを背負って生きているはずだが、その瞬時にでもこうして明るく生きられるのは、この土地の生活に潤いがあるからだ。

親鸞がそんなことを思い巡らせていると、村人の一人が近づいてきて、どうぞ、この民たちに功徳をお願いすると、三善為教と同じことを言った。親鸞は彼の言葉を聞いて、為教の意向が改めて彼らの中に、深く伝わっているのだと気づかされた。

「こちらこそ」

親鸞が謙虚に応えると、村長は、御坊がそんなことを言ってはいけぬと応じた。

「いい僧か悪い僧かは、わたしたちが決めまする。人間はどんなお方でも、自分の背中が見えないことと同じように、自分が決めるものではございませぬ。他人が決めてしまうのです」

親鸞はその言葉にふいをつかれた気がした。越後にはこんな立派な見方ができる人間がいるのか。自分でも気づかない意識の底に、どこか彼らを侮っていたのではないかという感情が湧いてきて、口籠った。

「知識が広く深いあなた様は、わたしたちをきっといい方向に導いてくださいます。それがあなた様の今上での役回りです。親鸞様はこの地へおいでになられる運命だったのです。どうぞ愚禿僧《ぐとくそう》などとはおおもいにならないでください。わたしたちが気を落とします。人間は縦軸的には過去を持ち、横軸的には関係性を持ち、その交差するところに、今の自分たちがいるのではないでしょうか。それが人間ではないのでしょうか」

親鸞は、酔っているが滔々《とうとう》としゃべる老人に目を見張った。何者なのだという感情が走った。学に長け、溢れるような知識がある。

「満永、それじゃあ、わしはどうなる。あくどいことばかりをやって生きてきたぞ」

そばから三善為教《ためのり》が茶々を入れた。

「だから何度も都に上がり、吉水の法然様のところに行かれたのではないですか。その上、朝様までも玉日《たまひ》様のお世話に上げられました。本当は大変に信心深いお方でございます。人のことが見えて、人一倍気のつくお人でもございます。昔のことを気にされますが、今をよくするための過去でございます」

「いいことを言う、満永は」

為教は親鸞と村長を見つめて、愉しそうに応じた。

「既往は咎《とが》めず、ということでございますか」

親鸞が付け足すように言った。

「左様でございます。昔のことや人の過去のことを、ああだこうだと詮索をしてもなにもなりません。なにごとも今あるための過去でございます。それにそんなことをやったところで、自分を見失うだけで、誰も得する者はおりませぬ。前生で動物であっても、今に人間であれば、いいことも悪いことも、みんな含めての人間でございます。来世もまた然りです」

満永は飲んで踊る百姓たちを見た。親鸞は以前、叡山に戻る時に出会った尼僧のことをまた思い出した。

あの女人は叡山に上がることを熱望した。彼女の問いかけは法然上人の言葉と同じだった。上人が恋した聖如房も、彼女と同じ苦悩を抱いていたのではないか。その痛みを上人は知っていたからこそ、強く玉日との婚姻を願ったのだ。あの方は自分と同じ轍を踏ませたくなかったのだ。

そしてもし自分があの女人と合わなければ、九条兼実《かねざね》や法然上人が促したとしても、玉日《たまひ》と一緒にならなかったのではないか。だがそうすることによって、自分は一人ではないという安心感と責任感も生まれた。

「御仏が人間や神のお姿であれば、この親鸞様はもうとっくにそのことを知っておられる。どんな神仏も、多くは妻帯されておられる。仏陀もそうだし、大黒天の大国主命だってそうでござる。艶福家の大国主命は須勢理毘売《すせりひめ》※をはじめ、この地の奴奈川姫《ぬなかわひめ》※、多紀理毘売命《たぎりひめのみこと》※とも結婚をしておられる。このお方は先刻そのことを知っておられるし、なにが不浄で、なにがそうでないかは気づかれている。わたしたちが親鸞様を見下すことは、自分のことを卑下するのと同じことじゃ」

「よく言った」

三善為教《ためのり》はゆったりと手を打ち、満永の言うことを讃えた。村長は誉められて急に羞恥心が湧いたのか、太い指先で自分の首筋を擦っていた。

「この男は土地一番の物知りで、知らないことはなにもないほど知恵がある。わしも大いに助かっておりまする。親鸞様もきっと役に立つことがございましょう」

為教は満永も若い時に都からきた人間だと言い、学問もよくしていた人物だと紹介した。

「都など詰まらぬところでございます。親鸞様もこの土地で、民の者と一緒に心おきなく暮らされればいいのです」

満永は誘うように言ったが、戻ってきた田村光隆の姿を目にすると、急に言葉をとめた。光隆はよろけるように座り、まだ充血したままの目を満永に向け、怒りを隠そうともしなかった。それから、おまえたちみたいな者ばかりが増えると、この越後の国は都のようになってしまうと言った。

「今日は親鸞様が越後へこられたことのお祝いの席だ。おまえとわしは、親と子の関

※須勢理毘売…「古事記」では須佐男命の娘。大国主命の正妻。
※奴奈川姫…「日本書紀」には登場せず「古事記」で高志国（越国）は現在の福井県敦賀市から山形県庄内地方の一部。大国主命に求婚され結婚した。
※多紀理毘売命…宗像三女神の一柱。「古事記」では大国主命との間に味耜高彦根《あぢすきたかひこね》命と下照姫を生んだと記されている。

係だぞ。素直に祝うのが、おまえの務めではないか。それに田植えが終わった村人たちの慰労でもある。纏《まと》めるおまえがそうでは、このわしの顔も立たぬ」

為教《ためのり》は一言ずつ相手に伝わるように、ゆっくりとしゃべった。するとようやく光隆は彼の気持ちが通じたのか、黙り込んだ。

「わかってくれたようだの」

相手の態度を見て、為教が満足そうに応じた。

「酔いすぎました」

「酒は酔うためにある。若い頃のわしもそうだった。飲んでは暴れたものだが、おまえももうそんな歳ではない」

為教の言葉に光隆は頷いたが、親鸞のほうに視線を向けなかった。まだ蟠《わだかま》りが残っているようだった。

為教はこれ以上言っても無駄だという気持ちになり、とにかく親鸞様の教えを乞うて、この地をもっといい土地にしなければならないと、その場を悪化させたくないというふうに言った。光隆が静かにしていると、やがて場は再び盛り返し、以前に増して賑やかになった。

親鸞が安堵した表情を見せると、山中幸秀がわらいかけてきた。

「越後の民は幸福でございます。都の公家たちが、三善殿みたいなかんがえをしておられますと、違う世にもなった気がしまする。欲が欲を招きまする。都にはその勝者と敗者が、蠢《うごめ》いている気がします。欲が人間を駄目にするのですかな」

親鸞はその問いに、相手がこちらの感情を探っている気がして、口を噤《つぐ》んでいた。親鸞を越後に届けるまでは、無駄口一つも叩かなかったが、酒が入った山中幸秀は饒舌だった。

「御坊。一体土地というものは誰のものでございますかな。無学なわしにはとんとわかりませぬ」

「誰のものでもございませぬ。誰もが豊かに暮らしていくためにあるのです」

「その言葉もよくわかりませぬが」

幸秀が真剣な眼差しを向けた。

「天子様や公家、武士のものでもございませぬ。○は天を表し、□は土地を意味します。一番は天でございます。その次が天の子、帝なのです。王の土地が国となるのですが、そこをあまねく照らしているのが、弥陀なのです。なに人も阿弥陀仏の前では、平等なのです。その光がなければ、わたしたちは生きてはいけませぬ」

「つまりは王土王民、土地も民も王のためではなく、まして公地公民でもないと言われるのですか。それを本気で言っておられるのか」

親鸞は肯定するように返答をしなかった。幸秀は親鸞の横顔を射るように見つめていた。自分は天子様の血につながる公家の出でありながら、こんなにもあっさりと否定してしまう人間を見たことがない。

幸秀は呻吟するように呻いてから、立ち上がった。そばにいると、おもいもしなかった言葉に打ちのめされた自分が、卑小になっていく気がしたのだ。彼は厠《かわや》へ行くふりをして腰を上げたが、そこにいるのがいたたまれなかった。なんという僧なのだ。なにを見て、なにをかんがえ、この男は生きてきたのか。

都からこの地にくるまでずっと一緒だったが、ただの学僧が、調子に乗って妻帯などしたのだとおもっていたが、そうではなかった。法然も認める高弟だと聞いていたので、もっと年配者だと思い込んでいた。会って、こんな若者がという気持ちにもなったが、言葉や佇まいはしっかりとしていた。

それもこの僧の上辺だけの振る舞いだと決めつけていた。だからしゃべることもなかったし、興味も湧かなかった。任務を早く終わり、都へ戻りたいという気持ちだけだった。

しかし、到底及ばぬ知識を持っていることに気づかされた。国は帝や公家のものではないというのだ。天のものであるとすれば、万人が自由に平等に使うべきではないのか。

そしてそこに生きる民や草木の一本一本までに、阿弥陀仏の光源があるという。彼が信じる弥陀とはどういう仏なのか。悩みもあるはずの若僧に、はっきりと言い切らせる力はどこから生まれてくるのか。

山中幸秀は夜風に当たりながら親鸞の言葉を反芻した。帝や公家が一番ではない。天が上なのだ。地上の土地が彼らのものだとしても、その王の土地は、権力によって変わる。

これからの土地は公家たちに代わって、武士が支配するということを、彼の言葉は暗示しているのではないか。その上その土地も、誰のものでもないと言う。すべては弥陀の許にあると言うのだ。

酔った幸秀は自分の心が整理できず、外に出た。澄んだ夜空には無数の星が輝き、海の向こうに月があった。昼の光も夜の光も、みな弥陀の光源だというのか。浄土からの光によって、誰もが生かされているというのか。

ならば武士となった自分の選択は間違っているのではないか。幸秀はもう一度呻いた。それから腰の剣を抜き、おもいきり振り落とした。この剣で、なにもかも切り開こうとするのは無理があるのか。親鸞の言葉を吟味しているうちに、すっかりと酔いが醒めたが、広間には戻りたくなかった。

しばらく彼の帰りを待っていた親鸞は、百姓たちの踊りや、明るく談笑する姿を見ていると、そばから熱い視線をかんじた。その視線の先を追うと、朝が見つめていた。彼女は親鸞の視線を受けると、また恥じらうように横を向いた。

それは親鸞と玉日《たまひ》が、暮らしていた時に見せた態度と同じだった。あの視線は自分に向けられていたものだったのか。親鸞は、急に自分の中にも恥じらいに似た感情が芽生えたのを意識した。

こどものあやし方も玉日よりもうまかった。それを不思議にかんじていると、朝は越後で嫁ぎ、子を成したことがあるのだと言った。夫も子も死別し、三善為教《ためのり》に従って吉水にきたのだと教えてくれた。

なぜ彼らを失くしたかは知らなかったが、朝は信心深かった。玉日とも仲がよく、もし玉日がいなければ、その子は朝のこどもだと言っても誰も疑う者がいないほど、可愛がってくれた。

その彼女の視線が自分に向けられていたと気づくと、親鸞はなぜだろうとかんがえた。配流になったことへの憐憫の目というわけでもない。妻子と離れ離れになっているという憐れみの感情というわけでもない。

あの奥ゆかしい恥じらいは、自分をもっと見てくれという願いではないのか。親鸞は咄嗟《とっさ》のおもいつきを、まさかという気持ちで打ち消したが、朝をまともに見ることができなかった。

「じゃあ、わしでも弟子になれるのか」

すでに酔っている直助が親鸞に訊いた。親鸞は重苦しくかんじていた感情が、その言葉によって解放された気がした。

「誰でもどなたでも。それはわたしが決めることではありませぬ。みな御仏の阿弥陀仏が決めることでございます」

そうかと直助は酔った赤い目を向けた。

「それじゃあ、御坊が弥陀の一番弟子で、わしがあんたの一番弟子になる」

「一番も二番もありませぬ。みんな同じでございます」

「それでもわしは阿弥陀仏ではなく、あんたの一番弟子になる」

直助は強く言い切った。親鸞はそばの朝のことが気になり、視線を流すと、彼女は慈母観音のように柔らかな表情を見せていた。彼は慌てて視線を元に戻した。自分が朝に見られている時の目と、同じ目をしているようにおもえたのだ。

「ずいぶんな惚れ込みようではないか。直助」

「このわしにもこの御坊がどういうお人かわかる」

「それは立派なものだ。わしもそうだ」

為教《ためのり》はそれがいい、それがいいと手を叩いた。

「直助だけではなく、朝やみんなもお頼みします。言うまでもなく、そのために越後にきていただいたのでござる。わしや九条様の骨折りも生きてくるというものです」

為教が言い終わると、田村光隆が大きな舌打ちをして見せた。その音は周りにいる者たちにも聞こえたが、為教は睨んだだけだった。その代わり朝が、もう一度親鸞のほうへやさしい眼差しを向けた。


親鸞は海原を見つめていた。彼はこの土地に上がって以来、毎日、近くの居多《こた》神社※に参拝した後は海を眺めた。何時間眺めていても飽くことがなかった。

親鸞から離れたところでは、直助が山から切り出した木で櫓をつくっていた。傍らでは削り取った木屑を集め燃やしている。

直助は自分が一番弟子だと言い張るだけあって、かかさず御堂にやってきては、念

※居多神社…新潟県上越市にある神社。越後国一宮。

仏を称《とな》えていた。都の人間に負けたくない、自分が一番弟子だということを、土地の者にも見せたいという気持ちもあった。

親鸞は、はじめのうちこそおもしろい人間だと見ていたが、御堂に通う回数が増えるたびに、彼の心構えも変化してきていることに気づいていた。それは自分が法然に接した時と似ていた。すでに信心深い直助を小馬鹿にする者はいない。むしろ彼への畏敬の念が増していた。

その直助がいつの間にか眠っている。親鸞の講話を聴いて戻った後にも、夜遅くまで念仏を称えていたと言った。ただひたすらに念仏を称え、阿弥陀仏を信じて浄土に行ければ、これ以上の喜びはないとわらった。親鸞は返す言葉がなかったが、直助の表情はすっかり柔和なものになっていた。

彼の老母は、嫁ももらわずに親鸞の許に通う息子に呆れ、なんとかしてくれと泣きついてきた。家の労働力も確保しなければ、いずれこの土地におられなくなる、他の家と釣り合いがとれず、気兼ねもしてしまうと言った。

今は力の強い直助に頼っているが、彼女の言うことはもっともだった。後継ぎができなければ家が絶えてしまう。そんな心配を直助に伝えたが、老母の言うことを聞き入れなかった。

親鸞は直助のことをおもいながら、再び海辺を見た。あの時の惚けた老女が浜辺をうろついている。なにをしているのか。波が足元をさらっても平気だ。押し寄せる波間に尻餅をついては、また立ち上がって歩いている。

手にはなにかを握っているが放そうとはしない。海藻でも拾っているのか。時折、足元に視線を落としては砂浜を掘っている。貝を獲っているようにも見えた。

粗末な着物ははだけ、垂れ下った乳房が覗いている。三善為教《ためのり》は村を徘徊する老女を見て、一段と惚けが進行していると言った。

あの老女は最後まで自分が面倒を看ると言ったが、彼女は人の目がなくなると、村や浜辺をうろついている。為教はお世話になった老女が不憫だが、どうすることもできないと声を落とした。

先日も親鸞が四辻で出くわした時、じっと彼を見続けていた。それからどこに行くのかと訊いた。

「庵に戻ります」

「あまり遠くへ遊びに行ったらいけんぞ。人さらいに捕まってしまうぞ。夕餉《ゆうげ》はもうすぐだからな」

老女は親鸞を死んだ息子と勘違いしていた。彼は、はいと応じてその場を離れたが、親鸞の姿が見えなくなるまで突っ立っていた。その惚けた老女もみんなと念仏を称《とな》えるようになった。

低くか細い声だったが、その時だけ正気になっているようだった。いつも直助と老女が最後まで称えているが、直助もよく世話をやいている。

為教《ためのり》は阿弥陀仏の力はたいしたものだと満足し、親鸞がきてから流行病もないし、豊作続きだと言った。老女の惚けまでも治るのではないかと感心した。親鸞もまたそのことを願ったが、彼女は惚けてなにもかも忘れてしまいたかったのではないか。親鸞は、彼女がどんな哀しみや不安を抱いて生きてきたのか、とおもうことがあった。

それは彼自身の心の焦燥でもあったが、ああして海辺に出る老女は、絶え間なくやってくる波が、我が身の不安な感情に似ていると知っているのだろうか。それを抑えるためにも、自分も日々不断念仏を称《とな》えているが、その感情が収まることはない。なにがあっても阿弥陀仏に帰依するとかんがえているが、焦燥は尽きない。

ひっきりなしに太鼓や鈴の鉦《かね》が鳴り響き、その音は村の隅々まで行き届いていた。親鸞は収穫も終わり、来年の豊作を願う祭りも終わったばかりなのに、また別の祭りでもはじまるのかと勘違いをしていた。

彼がこの地にきて、すでに四年の月日が経っていた。三善為教は親鸞のために庵を建ててくれたし、毎夜、集まってくる百姓たちも日々増えている。だが彼らもまた都の人間と同じように、それぞれの悩みを抱えていた。老いや病気、親や子を失くす哀しみやつらさは、どこにでもあった。

その姿を見て親鸞は、人間が生きている以上、哀しみや懊悩は、あの波のように立ち去らないのではないかと思索する時があった。

そんな邪念を抱いては我に返り研鑽を重ねたが、念仏を称えるのをやめると、また泡や陽炎のように立ち上がってきた。

そのおもいを一段と強くしたのが、数日前のことだった。村じゅうに響いていた囃子太鼓の音が消え、静かになった周囲に耳をすませた。聞こえてくるのは眼下の潮騒だけだった。

時折、鳶《とび》がのどかに鳴いて、崖の松の上を旋回していた。海からの風は心地よく、微かに冷気をかんじさせた。親鸞はまた冬がくるのかと意識した。

人々が言うように越後の冬はながく厳しかった。それは雪の多い都でも比較できないほどの多さだった。村を歩く者は少なかったが、昼は積もった雪が陽射しに反射し、夜は月明かりで輝いていた。その雪の下で村人たちはひっそりと生活をしていた。だが冬に上がってくる大量の鮭を捕獲して保存し、人々はそれを食べて生きていた。

身の厚い塩鮭と土地で採れた米で食事をすると、なんとも言い知れぬ喜びがあった。こんなに旨い物は、お公家さんでも滅多に食べられないが、おれたちはいつも食える。人々は秘かに自慢していた。そんな彼らは仕事が終わると、御堂にやってきて講話を聞いた。

親鸞は越後にきた年月を思い返した。季節は移り変わるだけだったが、三善為教《ためのり》の髪には白い物が急に増えた。彼は親鸞が想像するよりも、はるかに信心深い人物だった。親鸞はそのことにおいては、この越後にきてよかったとかんじていた。

人々も勤勉だった。土地も美しい。目の前にはいつも海原が広がっている。陸に目を向ければ、北信五岳《ほくしんごがく》の山並みが見える。厳しい冬を乗り切った後の、春が一斉にやってくる美しさは都にはない。空も海も山も、そして動物も人間たちも、抑えられていた感情が一気に解放されたような歓喜があった。

それでも親鸞の心は都に飛ぶことがしばしばあった。玉日《たまひ》は亡くなったと聞いた。あの体力の衰えをかんがえれば、それはしかたがないことだが、心が塞いだ。そして老いた法然上人のことだ。

会えるなら今すぐにでも、あの海鳥のように飛んで行きたい。教えを請いたいことはまだたくさんあるのだ。上人はどうしておられるのだろう。師の教えをこの地で懸命に広めていることが、上人に届いているだろうか。

目を開けると、直助が浜辺に続く細い道を下っていた。自分の小舟を点検し、砂浜をうろついている老女に手を振った。彼がいくら呼んでも老女はそばに寄らず、それどころかこどものように無邪気に波間を走っている。

着物が一段とはだけ、萎びた乳房が揺れ動いていた。直助が、危ないぞと言うか言わないうちに前のめりに倒れ、押し寄せる波間の中で呆然としていた。

「だから言っただろう」

直助の叱責《しっせき》する声が飛んでいる。老女は座り込んだまま泣いていた。少女に戻っていた。叱る直助は父親だった。やがて彼女はそのままの格好で、自分が纏《まと》っていた着物をみな脱ぎ、素っ裸になった。

乳房は一層垂れて見え、痩せた体が剝き出しになっていた。彼女は着物を海に浮かべ、自分も海に向って歩き出した。

「おい」

狼狽《ろうばい》した直助の制止する声が響いたが、聞こえない様子だった。なにをやっているんだ。彼の声がまた飛んだが、老女はおぼつかない足取りで深瀬へ進んでいた。

「そっちに行ったら本物の仏様になってしまうぞ」

本気にうろたえ出した直助は、小舟から飛び下りて浜辺を走った。老女はなにか確信を持って行動しているかのように、どんどんと沖へ入り込んでいる。

しかたなく直助も褌姿になって泳ぎ、溺れる老女に追いついた。彼女は助けようとする相手に激しく抵抗し、手足をばたつかせている。親鸞も心配になり立ち上がった。

やがて直助は暴れる老女の背後から太い腕をまわし、身動きが取れないようにして戻ってきた。

浜辺に上がった二人はすっかり疲労したのか、無言で項垂《うなだ》れていたが、そのうち老女の泣き声があたりに響いた。直助に、おとっつぁん、おとっつぁん、と泣きじゃくり、ごめんな、ごめんな、と謝っている。

「もう泣かんでもいい」

直助は父親のつもりで言っていた。それから親鸞が丘の上にいることを思い出して振り返った。立って不安そうにしている彼を見て、心配いらないと声を上げた。

親鸞は安堵したが、老女はなぜ海へ身を沈めるように入ったのかとかんがえた。直助と共に念仏を称《とな》えながら、自分も浄土に行けるかと正気の時に訊いたが、今の行動は、本気で浄土に向かおうとしたのではないか。

「こんなことをやったら、罰が当たってしまうぞ」

直助は自分が着ていた物を老女に着せ、浜辺から上がってきた。彼女はすでに泣くのをやめわらっている。坂の前までやってくると、裸の直助の後ろにまわり、負ぶって行けというふうに立ち止まり、駄々をこねた。

「しかたがないなあ。今度だけだぞ」

老女は直助の広い背中に体を預けた。彼が背負って坂道を上り出すと、嬉しそうに童歌を口ずさんでいる。その声は掠《かす》れていたが、老女が幼児に戻っているのは間違いなかった。

親鸞が坂道を上がり、家に戻る二人を見つめていると、背後から誰かが近づいてくる気配があった。振り向くと、驚いて言葉を失った。

「こんにちは」

相手は白い歯を見せた。肌の色が黒い分だけ余計に白く見えた。大柄で、着物の裾は脛までしかなく、捲った袖から出た腕は、筋肉が盛り上がっていた。直助の腕よりも太かった。

「しばらくです」

男の声は低かったがはっきりとしていた。親鸞はどこか愛嬌のあるこの男が、以前都で逢った黒人だと気づき、ああと感嘆の声を上げた。

「どうしてここにおられるんですか」

親鸞はしっかりと記憶が蘇ってきた。

「あなたも?」

「わたしはもう四年以上もいます」

「そんなに?」

黒人は目を見開いた。

「どうしてこちらへ」

「ここでやっています」

さっきまで鳴り響いていた囃子太鼓は、彼らの見世物のためだったのか。親鸞は突っ立っている相手の顔を改めて眺め、こんなところまでもくるのかと訊いた。

「どこにでも行きます。鎌倉にも浪速にも行きました」

「鎌倉にも?」

相手ははいと応じわらった。鎌倉は都よりも立派な土地になろうとしている、神社が造営され、大きな寺院がいくつもあると言った。

「都みたいにですか」

親鸞は戸惑い気味に訊いた。相手は首を横に振った。親鸞にはその意味がわからなかった。

「もっと」

「どういうことですか」

「たくさんできています」

相手は胸を張った。親鸞は、坂東は都の何十倍も広く、山も川もある豊かな土地だと言った三善為教《ためのり》の言葉を思い出した。彼はすでに何度も行っている。そういうことで嘘をつく男でもない。

むしろ鎌倉は狭隘《きょうあい》な土地だが、その前後には広大な土地があり、いくつもある川には、越後と同じように鮭が上がっていると教えてくれた。親鸞がこの地よりも広いのかと訊くと、これからは都よりも、坂東のほうが栄えるとも言った。

するとやはりこの皮膚の黒い男が言うことは、本当のことなのだ。親鸞は自分の中で膨らんだ想像を、どう鎮めていいかわからず、じっと男を見つめるだけだった。

「賑やかなところです」

「都よりも?」

大男は答の代わりに、分厚い唇を広げた。相手の言っていることは、やはり本当のようだった。

「摩訶不思議なところです。都よりも栄えているところがあるとは」

「まは?」

親鸞が思案していると、今度は相手のほうが怪訝《けげん》な表情で尋ねた。まか、と親鸞は言い直した。

「あなたたちの国で摩訶という言葉は、たくさんとか非常にという意味ではないのですか。不思議は人智を超えた理解できないことを言うのでしょう。この世はわからないことばかりです。あのお日様もそうです。この海の向こうに沈んでも、明日になればまた昇ってきます。空が晴れたり曇ったり、雨が降ったり雪が降ったりすることも、何一つとしてわかりません。そして一番わからないのが、わたしたち人間の感情です。天気のように日によって変わりますし、いつも混沌としています。そのわけのわからないところに、わたしたちは神仏を立てて、わかったふりをして生きているのではないでしょうか。ずっとそんなことをおもって、懐疑的に生きておりましたが、叡山を下り、上人のところに行き、以前よりももっと不断念仏を称《とな》えていると、そうではないとわかってきました。しかしまだはっきりとは理解しておりません。ただ南無阿弥陀仏と称えていると、心が落ち着き、靄がかかったような心を晴らしてくれるのです。そのことだけでも阿弥陀仏を信頼できます。この御仏だけが救ってくれる気がするのです」

親鸞は相手に、自分の心情をはっきりと言うことができた。それに以前、天竺《てんじく》に住んでいたというではないか。天竺なら阿弥陀仏様もおられるところだ。

相手は一瞬神妙な顔つきをしたが、親鸞の言葉に誠実に応じようとする気持ちが現われていた。けれどなにも言わなかった。代わって親鸞がまた続けた。

「あなたは天竺にいたと言われました。この海が繋がっているとも答えられました。海は誰も知らないほど果てしなく続いているとも申されました。それは真実のことでございますか？　空を飛ぶ、あの鳥たちも、その果てまで行ったことがないのですか。この海を行けば、はるか遠くに天竺があり、阿弥陀仏様もおられる。現実にあなたはそこからやってこられた。一体どういうところなのでしょう？　極楽浄土というところは？　陽が落ちる先にあると言いますが、一度でいいからこの目で見てみたいのです」

親鸞は連れて行ってくれと頼もうかともおもったが、言うのを躊躇《ためら》った。以前も同じ質問をしたが、男は自嘲気味に頬をゆるめただけだった。あの笑みはなにを意味していたのか。

「本当にその聖地はあるのですか」

親鸞は訊くことを憚られるようなことを思い切って尋ねた。それは自分がそこにいる阿弥陀仏を信じていないということではないか。彼はそうかんじていたが、訊かずにはいられなかった。男の複雑な笑みが、親鸞の感情を突き上げたのだ。

「あります。でもありません」

相手は真剣な眼差しを向けた。

「言っていることがわかりませんが」

「あなたが訊く浄土は天竺《てんじく》にはありません」

親鸞は相手の物言いに動揺した。極楽浄土がない？　この男はなにを言っているのだ。人のよさそうな雰囲気を醸し出しているが、とんでもないことを言う人間だ。

「どういうことですか」

男はどう応えていいかわからないというふうに、太い首を傾げた。思慮深い態度が、親鸞を余計に不安にさせた。

「祇園精舎《ぎおんしょうじゃ》※や補陀落山《ふだらくざん》※もないというのですか」

親鸞は矢継ぎ早に訊いた。

「それはあります」

「では釈迦や阿弥陀如来は？」

「釈迦はいました」

「弥陀は？」

親鸞が矢継ぎ早に問うと、男は海に向って指差した。指先をはるか先まで追っても、大海原が広がっているだけだった。立ち上がった雲と陽射しがあった。

「あれです」

男は柔らかな光を離す秋の太陽に指先を向けた。

「あなたはどなたですか」

親鸞は見世物小屋でふざけ、見物人たちを面白がらせていた男の姿を思い浮かべた。

「わたしは道化者です。それで食べています」

「それでいいのですか」

「他に方法がありますか。これで十分です、わたしは。それで知らない土地をあちこち旅することができます」

「もうあなたの国には戻らないのですか」

※祇園精舎…釈迦説法を行った場所、中インドのコーサラ国首都シュラヴァスティー、現ウッタル・プラデーシュ州にあった寺院。

※補陀落山…観世音菩薩の浄土。サンスクリットのポータラカの音訳。

親鸞は、以前、訊いたことをまた問うた。

「そうなることはありません。そうできることもありません」

大男は自分の国が、ここから何十日もかかる、船は風雨に見舞われてどこに行くかわからないし、命を失くすかもしれない、それだけのおもいをして、帰るところでもないと言った。

親鸞は男が漁師だと言っていたことを思い出した。それは違う気がしてきた。そのことを改めて確かめると、相手は見抜かれたとかんじたのか、目元に笑みを浮かべた。その歯や筋肉の張り具合から、親鸞は自分とさして年齢の違わない男ではないかと想像した。

「本当は違います。あなたは立派な僧です。心眼があります。その目が今、あなたを迷わせています」

「なぜわかるのです」

「わたしは漁師ではありません。嘘はいけませんが、嘘をつかないと生きていけないのです。もし天竺《てんじく》の僧だったと言えば、この国ではどうなりますか？　きっと嘘つきだと言って、反対に殺されてしまうかもしれません。わたしはお酒も飲むし、おいしい物はなんでも食べます。生まれた国では厳しい戒律も差別もあります。動物も食べません。でもこの国ではなんでも食べます。奥さんももらいます」

「わたしも同じです」

「でもあなたは物事を深く知りたいと願っています。それは間違いです。目に見えるものすべてが真理なのです」

男は一つ一つの言葉に、含みを持たせるように静かに言った。

「実は僧だったのです。別の国に行こうとおもっていたのですが、この国にやってきました。難破していたのを、わたしだけが助かってしまいました。深くかんがえて、一度死んだのだから、もうなにをやってもいいという気持ちになったのです。わたしの国よりも、この国のほうが断然いい」

「都を見てもですか」

「わたしの国ではもっと飢えや怒りで死ぬ人がいます」

親鸞はわからなかった。いったいなにを言っているのだ。

「いい国であれば、殊更に戒律や制度をつくることはないのです。その逆だからそうありたいと願うのです」

「天竺《てんじく》はそうではないと言うのですか」

男は笑みを絶やさなかったが、返答はしなかった。

「この国は自由です。誰とも話をするし、誰とでも仲良くします。みんなが助け合って生きています。田植も稲刈りも。都にはそれが少ないから、人々のやさしさが消えるのです」

親鸞は相手のものの見方に心が洗われる気がした。

「ではどうすればいいのです。あなたは今、遠くを指差しましたが、あれはなにを指差したのですか」

「お日様です」

親鸞は雲間に見える陽に目を向けた。陽射しが当たった雲の端が光輝いていた。

「お天道様じゃないですか」

「アミターバです」

それが阿弥陀仏のことを言っているのだと、すぐに判断できた。

「無明の世の中の隅々まで照らすのが、あなたが信じておられるアミターバです。わたしもそうです。このお方はこの世の中のどこにでもおられるのです」

歯を剝《む》き出し、稚児を脅かしている男の姿はどこにもなかった。彼はお日様に両手を合わせた。それから顔を上げると、坂を登り切った直助たちを見た。

直助は老女に着せた自分の着物の裾を揃えていた。いいか。今度、あんなことをやっても、誰も助けはせんからな。彼が強く言い聞かせると、老女は頷いていたが、黒人の風貌に驚き、再び泣いて直助の背後に隠れた。彼も、おっと声を上げ動作をとめた。しかし呆然と見詰めていた。

「なにも天竺の神をあなたが信じなくてもいいのです。あなた自身がこの忍土《にんど》の神や仏になればいいのです」

「わたしがですか」

親鸞は驚き表情を固くした。

「あなたは昨日も今日も、そこの神社にお参りしました。あすこにも神様がおられるのではないですか」

「見ておられたのですか」

「小屋から見ていました」

「あれは神様で、阿弥陀仏は仏様です」

その言い方がおかしかったのか、相手は含み笑いを残した。だが卑下する笑い方ではなかった。

「そこには民のための祈りがあるのです。藁で作った注連縄《しめなわ》は、雌雄の蛇がまぐわっている姿なのです。蛇は生命力があり、子沢山です。人間もそうなれば労働力も増え、田も耕すこともできますし、開墾をすることもできます。そうすれば生活も豊かになります。そこに掛かっている紙垂《しで》は雷です。雷は雨を呼び、日照りを救ってくれます」

「ではあれはなんですか」

男は鳥居の前にある狛犬《こまいぬ》※に指先を向けた。

「狛犬です」

「元はわたしたちの国にいる獅子ではないですか。あの獅子は世の中で一番強い動物です。そこから先は神がおられる場所だから、自分たちが魔物を入れさせないように守っているのではないですか。口を見てください。開けているほうが阿、閉じているほうが吽《うん》です」

「わかっています」

「ではわたしがなにを言いたいかもおわかりでしょう？　阿は古代梵語《ぼんご》で万物の始まり、吽はその終わりを表します。つまりは物事の始まりと終わりという意味が、あの獅子の形なのです」

親鸞は異国の人間でありながら、神社のことをよく知っているのに驚嘆したが、逆に彼が天竺《てんじく》の僧だということを信じた。

「あの鳥居の中を入って行くのが、参道です。神社全体が女性の胎内になっていることは、わたしも知っています。参道は産道です。五障三従《ごしょうさんしょう》の女性が入って行けないのも、そのためですし、男が水垢離《みずごり》※、湯垢離をして、鳥居を出たり入ったりするのは、ま

※狛犬…高麗犬の意。神社や社殿の前等に置かれる、一対の獅子や犬に似た獣の像。
※水垢離…神仏の祈願に先立って、水を浴びて心身の罪や穢れを除き清める行為。禊《みそぎ》の一種。

ぐわっていることなのです」

「あそこには神がいるのですか。仏がいるのですか。当然どちらもいます。あなたはそのことを知ってお参りをしています。自分の国の神と、異国の神とどちらを信じられるのですか」

男の問いかけはすっかりと僧の言葉になっていた。それも高僧ではないか。親鸞は相手の言葉に虚をつかれた気分になった。

「あなたは都でも有名でしたし、この地にいても信心を集めています。名誉栄達を捨て、ただ民のことをかんがえて生きているので、誰もが慕っています。まさかこんな土地で出会うとは、かんがえてもいませんでしたが、きっと上人様もお喜びのことでしょう」

「法然上人をご存じなのですか」

男は頷いた。

「どうしておられましたか」

「讃岐には半年前におりました。その時お会いしましたが」

親鸞の強い視線をかんじて、相手は言い淀んだ。

「お元気なのですね」

「そうではありません」

「ではご病気なのですか」

「あのお方もあなたと同じように、わたしが漁師ではないことをすぐに見抜きました」

男は答えにくいのか、明らかに返答を避けた。親鸞の不安は募った。もう四年以上もお会いしていないのだ。すでに齢八十にもなられるはずだ。いつ成仏されたとしても不思議ではない。

「どうなされているのです」

親鸞ははやる気持ちで訊いた。

「臥せておられました」

彼はやはりという気持ちになった。最近は絶えず夢枕にお立ちになるのだ。親鸞の胸騒ぎは的中した。

「それでいかがなのですか」

「久しくお話をしましたが、大変に細っておられました」

「上人をご存じなのですか」

「以前から。都にいる時に二度。讃岐で一度お会いしました。生老病死は誰にも防ぐことができません」

男は三善為教《ためのり》が老女に言ったことと同じ言葉を呟いた。彼がなにを伝えようとしているのか、親鸞には理解できた。

「阿弥陀仏の許で待っていると言われておられました」

親鸞は答える術を持っていなかった。なにをしゃべっても上人に届かない声だ。虚しかった。哀しみの感情が心の中で溢れ、それが涙となって頬を伝わった。

男は親鸞のその姿を見てまた合掌をした。南無阿弥陀仏。相手は抑揚のない声で念仏を称《とな》えた。この世のすべてのことを阿弥陀仏に帰依することが、南無阿弥陀仏だ。

生きていてくだされと願うように、親鸞も太く低い声で称えた。きっとまた会える。この念仏を信じれば、我が心が海を超え、山川を超えて上人の許に届く。親鸞は一心不乱に念仏を称えた。

やがてまた囃子太鼓が鳴り出した。男はいずれどこかで会えるかもしれないと告げた。自分はもうこの国で往生するし、こんないい国にきたのも、仏様の導きではないかと言った。

「お名前は？」

男はその場を立ち去ろうとした。

「シャーキャ・ムニです」

相手は悪戯っぽく唇をゆるめた。親鸞はそれが嘘だとわかった。

「もう名前も忘れました。みんなは海助と呼んでいます」

「釈迦牟尼《しゃかむに》※」

「わたしも釈迦族の人間です。本当です」

男は毅然として言い、親鸞に向って合掌し大きな体を折り曲げた。囃子太鼓が一段と響いた。元僧だというあの男は、また檻の中に入り、怒ったり笑ったりして、村人

※釈迦牟尼…仏教の開祖。紀元前五世紀の頃、インドの釈迦族の王子として生まれた。二十九歳で宗教生活に入り三十五歳で成道した。八十歳で入滅。釈尊。釈迦如来。

をからかうのだろう。

それが彼らの生きる糧になれば、自分の本望だとも言ったが、なにもかも棄てて生きるということは、あの男のようなことをいうのではないか。親鸞にはふと彼が、法然の生き方に似ている気がした。


鬼やんまがひっきりなしに行ったり来たりしている。じっと動かない親鸞を草木とでもかんじているのか。あれから親鸞は黒い皮膚の男のことを考え続けていた。もっと話を聞こうとしたが、見世物が終わると、彼らは次の目的地に向かった。

男は天竺《てんじく》の人間だと言ったが、あの言葉は真実だったのだ。補陀落山《ふだらくさん》のことをポータラカと言ったし、菩提《ぼだい》※のことをボーディとも言った。なにもかもよく知っていた。

そして阿弥陀仏は目を開けると光が見えるように、どこにでもおられると言った。慈悲の心を持てば誰でもなれるし、どこにでも宿る、この世は摩訶不思議なことばかりだが、それを一つ一つ悟らなくてもいいのだと言った。それが逆にあの人間の悟りということなのか。

親鸞にはあの日のことが、夢の中の出来事のような気がしていた。いや夢ではない。彼自身がそうかんがえたくなかったのだ。

阿弥陀仏は浄土におられるのではなく、今のこの光の先におられるのだと言った。浄土はこの世だということか。その地に行ったとしても、今、自分が見ている光景と同じだということなのだ。

ならば幼い時から全身全霊を込めて、不断念仏を称《とな》えてきた人生はどうなるのか。これほど精進して生きてきたのに、我が身にはまだ迷いがある。こんな時、上人ならどうされるのだろう。

それとも、もう悟っておられたから、あの吉水での生活を送っておられたのか。上人は若い自分に、殊更に目をかけてくだされた。ひたすらに精進する者が、愛おしいのだと言われた。その言葉を法灯《ほうとう》※として生きてきたが、それは上辺だけのことではなかったか。

※菩提…サンスクリット語でボーディ（bodhi）の音字。悟りの果てとしての知恵。
※法灯…仏法がこの世の闇を照らすことを灯火にたとえて言う語。

そんな自分をなぜ慈しんでくれたのか。そのことに応えようと精進してきたし、だからこそ配流になる時も、そばにいたいと願った。叶わぬ夢で離れ離れになったが、一時も忘れたことはない。

その上人が病に臥しているという。あの天竺《てんじく》の僧だった男は嘘をつかない。なぜなら正直に生きることこそが、なによりの戒めであるからだ。

きっと上人は、なにもかも悟っておられたのだ。どんな人間にも分け隔てなく、南無阿弥陀仏と念仏を称《とな》えながら接しておられた。上人のあの念仏を聞いて、人々は心を鎮めていたが、そのこと自体、法然上人そのものが御仏になっていたからではないか。

すでにあの方がこの世の阿弥陀仏ではなかったのか。配流という法難にあったが、それは上人を現世において、もっと大きな弥陀にするためではないのか。あの法難が逆に幸いとなったのではないか。

それはこのわたし自身にも言えることではないか。知らない土地のことも知った。都の人間よりも心豊かに暮らしている人々も知った。素直な心を持った人たちが多いのだ。心底、阿弥陀仏を信じて念仏を称える。見習わなければいけないのはこちらのほうなのだ。

唱和こそが浄土に近づく道なのだ。ああ、なにもかもが懐かしい。法然上人の言葉の一つ一つが、我が血肉になっている。そのお方が重い病となっておられるのだ。我が身にもこの世にも、深い闇が覆ってしまうのではないか。もし万が一のことがあれば、わたしが法然様の教えを真に広めねばならない。わたしはあの方の使徒とならねばならないのだ。

あの天竺からきたという僧は、この国にきて悟りを啓いたと言った。もう祖国にも家族にも未練はない、海原を漂っている時に、この世は一切が無なのだと気づかされたと言った。

あるがままに生きられないのが人間ならば、草木と同じように生きればいい。人間も生まれて死ぬだけの存在だと、早く気づけばいいのだと言った。あの男はそれを、この海原で何日も漂流していた時に悟った

そして上人はすでにそのことを体得しておられたのだ。だがなにかが違う。それは

まだわたしが二人の境地に達していないからだ。まだ邪念や煩悩《ぼんのう》が消え去らないからなのだ。

「またここにおられたのですか」

振り向くと朝がわらいかけていた。ずっと身の回りの世話をしてくれる彼女の態度は変わらない。

「いつも海ばかりを見ておられますね」

「飽きることがありません。静かな潮騒を耳にしていると、心が凪《な》いでくるのです」

「きっと親鸞様は、都や叡山でお暮しになっていたからですわ。生まれた時から海をそばに生きてきたわたしには、よくわかりません」

「海は心底不思議です」

親鸞は正直に応え、視線を海原に向けた。その先で今日も直助が櫓を造っている。朝がきたことがわかると、小さく会釈を交わしたが、鉈《なた》で丸太を削っている。直助は働き者だ。荷を運ばない日は舟の手入れか、御堂にきて念仏を称《とな》えるだけだ。

「直助さんだけではなく、この越後の人間は、みな阿弥陀仏を信仰するようになりました。お陰で人々の生活も穏やかになったと、父が申しております」

朝が鉈を振り落とす直助の姿を見た。

「それは為教様《ためのり》のご威光でしょう。あの方の信仰心が強いから、そうなったのでございます」

「誠でございますか」

父親が誉められた朝は目を輝かせた。

「よくおもえばいいほうに、悪くおもえば悪いほうに、人間の感情は流れてしまいます。きっと為教様は、民のことを誰よりもおかんがえなのです」

「喜びますわ」

朝は父親の思惑は知っていたが、たとえそうであれ、親鸞がそうかんじてくれているのが嬉しかった。

「直助さんとこの浜辺に着いたのが、昨日のような気がします」

「都にはお帰りになりたいでしょう」

朝が不安そうに訊いた。

「今はまったくその気はありません。上人のおられない都には、なんの未練もありません。南無阿弥陀仏の念仏はどこにいても称えられます。わたしがここにいるのも弥陀の思し召しですし、弥陀はこの世のどこにでもおられるのです」

あの僧も上人もそう言っておられたのだ。そのことにようやく気づかされた。もうなにも逆らわないし抗わない。

「ではずっとこの越後におられますか」

「それもわかりません」

親鸞が言い切ると、その時だけ朝の表情が曇った。

「やはり範意《のりむね》様のことが気がかりなのですね」

「気にならないと言えば嘘になりますが、気にしてもどうにもならないことです」

「余計なことをお訊きしました」

朝は謝った。それからしばらく言葉を発しなかった。二人が海原に目を投げていると、幾羽もの鳥たちが、列をなして海の上を飛んでいた。

老婆がいた浜辺には土地のこどもたちが戯れていた。はしゃぐ声が潮騒を掻き消している。親鸞は離れ離れになったこどものことを、脳裏に浮かべた。

「親鸞様のお子は、わたしが育てたいとおもっております」

朝が目を伏せてか細い声で言った。親鸞がその言葉の意味がわからず顔を向けると、彼女は恥じらうように視線を上げた。

「一度嫁ぎ、子まで成した女でございますから。決して足手纏《あしでまと》いにはなりませんから」

朝はまた視線を落とした。

「なんと申されました」

親鸞はおもわず訊き返した。朝の返答はなかった。

「もう玉日《たまひ》様もこの世にはおられません。もしお子がお元気なら、お世話をしたいのでございます」

「こんな僧にですか」

「あなた様は都でもこの越後でも、大変に尊敬され敬愛もされておられます。わたしもその一人でございます。玉日様がお亡くなりになって、もう三年の月日が経っております。できることならば、そのお役目をさせていただきたいのです」

朝の目は思い詰めたように真剣だった。節度を弁《わきま》えた、奥ゆかしい女性が、懸命に自分の気持ちを伝えようとしていた。

「ありがとうございます」

親鸞は静かに礼を言った。

「本当でございますか」

「お約束します」

朝の頬が上気していた。感情が高揚し、涙が湧いてきた。温かい涙だった。温かさは朝の心の中に芽生えた熱い感情だった。

「嬉しゅうございます」

やはり親鸞様が言うように、阿弥陀仏はおられるのだ。いや自分にとっては、このお方が阿弥陀仏そのものなのだ。彼女は心からそうかんじた。

「どうぞ愚僧でございますが、よろしくおねがいいたします」

親鸞の言葉に朝の涙がまた溢れた。

「あなた様がどんなに玉日《たまひ》様のことを思慕されても、一向にかまいません。わたしがそばにいて、少しでもお役に立てばいいのです」

「なんだか朝殿が阿弥陀仏のようでございますなあ」

彼がからかうように言うと、朝の表情が一段と弾けた。それから二人は思い思いに海を見つめていた。親鸞は朝の心を受け取った清々しさを、彼女は自分の心が伝わった喜びを噛み締めていた。

「きれいな海」

やがてずっと海を見下ろしていた朝が囁くように言った。

「こんなにこの海がきれいだったとは、はじめて気づきました」

「昨日と今日では同じ海なのに、まったく別のようです。あなたと眺めていると、また違う海のように見えます。海はわたしたちの感情を映しますし、反対に心の中にも海がある気がします」

親鸞がおもっていたことを伝えると、朝は改めて海原を見て、彼の言葉に呼応するように頷いた。それから二人は再び海を見つめていた。

そしてふと人の気配をかんじて親鸞が振り返ると、笹藪の中から田村光隆が現われた。なぜ彼がそんなところにいるのか。光隆は顔を真っ赤にし、目を尖らせていた。右手は刀剣の柄を持ち、今にも抜きそうだった。

「今日という日は、もう我慢ならぬ」

光隆はいきり立っていた。朝が立ち上がって親鸞を守るように前に出た。

「光隆様、どういうことでございますか。どうしてわたしの後ばかり付いて回るのですか。一体わたしがなにをしたというのですか」

朝は毅然としていた。その姿には自分が三善為教《ためのり》の娘だという誇りが見えた。

「自分で愚禿僧《ぐとくそう》、非僧非俗という坊主のどこがいいのですか」

「なんと言うことを言われます。親鸞様に失礼ではございませぬか。謝ってください」

「朝殿は騙されておる」

「それはあなたに言われることではございませぬ」

朝は相手の言葉を強く弾いた。

「これ以上のご無礼は許しませぬぞ」

「どうしてわしの気持ちがわからぬ。わかっていながらのその態度は、わしを愚弄しておる。こどもの頃から共に育った仲ではないか。わしが恋い焦《こ》がれているのを知っての、その態度か」

「わたしは親鸞様と一緒になるのです。光隆様とはそういう関係にはなりませぬ」

「なぜ光隆の心中がわからないのだ。二人でこの越後を治めていけばいいではないか。その坊主とでは、念仏はうまいが、決してそういうことにはならぬ」

田村光隆は声を張り上げた。

「どんな世になっても、そういうことにはなりませぬ」

「それならばおまえたちを切り捨てるまでのこと。あの世でもずっと二人でいられるようにしてやるわ」

相手が腰の刀を抜こうとした。

「わたしはあなたの、そういった野心が嫌いなのです」

「なにをほざく。三善為教もそうやって妻をもらい、今日の地位を得たではないか。なにも自分一人の力ではないことを、本人も知っておろう。わしが同じことをやって、なぜ悪い」

光隆は一段と声を上げた。眉間に青筋が立ち、これ以上の形相はないというふうに、怒りを露わにした。

「もうおやめなされ。人の気持ちは力で変えることはできませぬ。逆に一層固く結ばれます」

「わしは都におる時から案じておった。いつか今日のようになるのではないかと思い続けて、不安でしょうがなかった。それでも日々、我慢をしておったのだ。力づくでもよかったのだ。そうしなかったのは心底惚れていたからだ。だがその危惧が正夢になってしまったわ」

光隆は唇に弱い笑みを走らせ、刀を抜き放った。

「おやめください」

朝が諌《いさ》めるようにもう一度言った。しかしその声は相手に届かなかった。

「武士は人を殺すこともあるが、まさか坊主を冥土《めいど》に送ることになるとは、かんがえもしなかったわ。祟りがあったとしても、この苦しみを断ち切れるなら、閻魔《えんま》でも地蔵でも切ってしまうわ。それに今のおまえは、愚禿僧《ぐとくそう》の非僧だ。坊主ではない。まともな坊主なら、二度までも妻帯はすまい。おまえは坊主をかたる誑《たぶら》かし者だ。おれが切り捨てて、なんの差し障りがある。」

光隆はながい刀先を頭上に上げた。朝がまた親鸞の前に立った。すると、なにをする、と言う直助の声がし、石が光隆に飛んできた。

それを避けようとして態勢を崩すと、手に櫓を持った直助が走り寄ってきた。

「親鸞様になにをする」

大男の直助が櫓を持ち、二人の前に仁王立ちとなった。それから切りかかってきた光隆の刀を、ながい櫓で跳ね除けた。前のめりになった光隆が態勢を立て直し、再び刀を振り下ろすと、直助は櫓を振り回し、おもいきり上段から叩き落した。

光隆がすかさず拾おうとする腕にも櫓を振り下ろした。剣の心構えがあるのか、彼の動きは速かった。光隆はうっと呻いたまま左手を右手で押え蹲《うずくま》った。

「待ちなさい」

直助がそこに打ち下ろそうとすると、親鸞の声が飛んだ。

「殺生はいけません」

その声で櫓《ろ》を掲げ襲いかかろうとした直助の動きがとまった。金縛りにあったように動かなかった。

光隆の左腕は折れたのか、くの字に曲がっていた。朝は呆然とし、苦痛に顔を歪めている光隆に見入っていた。

「こいつは為教《ためのり》様にかわいがられているのをいいことに、野放図になっております。いつかはこういうことが起きると心配をしておったが、本人だけが気づいておらんのです。もっと懲らしめてやらないと、こいつにも村人のためにも、示しがつかん。ちょうどいい機会だから、とっちめてやります。朝様に横恋慕《れんぼ》をしているのは、知らない者はおりません。知らなかったのは親鸞様だけでござる。朝様はどこに行くにもつきまとわれて、困っておられました」

「誰にでも間違いはあります」

「わかっておりますが、この男だけは前から我慢していたのだ。朝様がそうしてくれと頼むからです。でも今度だけは許す気持ちにはなれん。朝様や親鸞様を殺そうとしたのですから」

光隆は蹲《うずくま》ったまま彼らのやりとりを聞いていた。すでに戦闘意識はなく、顔に恐怖心すら滲ませていた。

「早く治療をしてやらねば」

「こいつだって他の人間を、今までそうしてきたのだから。自分がそうされたって文句は言えん」

直助は一切同情を与えなかった。やさしい朝も手を貸そうとはしなかった。二人の態度を見て、光隆がどれほど嫌われていたかがわかった。

「こいつは虎の威を借りるただの狐ですよ。威張ってばかりで、おれたちを苦しめてばかりおる。それを自分が虎になったつもりでいる。こいつが獅子であるはずがありませんよ」

「でも為教様のことを一番本気で気にされていたから、そうなったのかもしれませんよ」

親鸞は光隆に手を差し伸べた。光隆がその言葉に縋《すが》るような表情で親鸞を見上げた。

「為教《ためのり》様もいい人だとかんがえていたから、目をかけておられたのですよ、きっと。誰かが損な役回りをしなければいけない時だってあります。それをながらくこの方がやっておられた、ということではないんですか」

彼の言葉に光隆は涙を零《こぼ》した。

「それでもこいつはひどい男です」

「光隆様がこうなったのも、人間は生まれてきた以上、それぞれに損な役目を背負って生きている気がします」

朝が親鸞の言葉を聞いて、得心《とくしん》するような表情をつくった。直助はなにか言いたそうだったが口籠った。親鸞の言うことには、自分の知らない深い含みがあるのだという気がしていた。

「もう十分に気づいておられます」

「親鸞様がそう言われるなら」

直助は渋々と承諾した。朝は緊張していたのか、胸元で両手を強く絡み合わせていたが、その手を開いた。それから光隆のそばに寄り、折れた腕をそっと持ち上げ、枯れ木を添えて、手拭いで縛った。

「さぁ、戻って光隆様の介抱をしましょう。今のことは、きっと阿弥陀仏様も許してくれるはずです」

親鸞が三人に声をかけると、彼らは黙って従った。


あの日以来、田村光隆の顔から尖った表情が消えた。左腕は骨折し、くの字になったまま伸びなくなったが、直助を恨んでいる様子でもなかった。朝にこどもが生まれた時だけは、まだ素直に喜べない感情があったのか、淋しそうな翳《かげ》りのある笑みを浮かべた。

三善為教はとうに田村光隆の心情を知っていたが、親鸞と娘が一緒になることを望んでいた。そうなることが一族郎党のためだと信じていたし、鎌倉の大きな庇護を受けるという計算もあった。そんな感情を抱いていた分だけ、光隆には申し訳ないという気持ちになり、一層同情するようになった。

光隆が今も自分の片腕であることは間違いない。これからもそうだということは、為教にはわかっている。まして似た境遇だ。自分には従順だった。もし彼が越後にくることがなければ、光隆が願ったようになったはずだ。また自分もそうしただろう。

そうした感情がいつも支配し、光隆に申し訳ないという気持ちを持ち続けていた。それに朝が親鸞と子を成したことで、自分も光隆も蟠《わだかま》っていた気持ちを吹っ切る機会にもなった。

為教《ためのり》は自分の一番若い娘を光隆に勧めた。吉は十六歳で、光隆とは倍近くの歳の開きがあったが、彼はその娘を光隆に嫁がせることにした。

「悪くおもうなら、わしを悪くおもえ。おまえとおれは、血こそ繋がってはおらぬが、歳の離れた兄弟も同然だ。そのおまえを不憫にさせた。朝をおまえに嫁がせるのも本心だったが、親鸞様にもという気持ちが、なかったかといえばそれは嘘になる。わしの優柔不断が光隆を苦しめた。いつまでも放っていたわしを許してもらいたい」

三善為教は正直に詫びた。

「もうなにもかも終わったことです」

「そうではない。おまえとわしはこの世でもあの世でも、親子兄弟、一族郎党なのだ。

これからはもっと本物の親子にならねばならぬ。吉をもらってくれぬか。あいつも、もういいおなごになった。これはわしの決意だ。おまえは朝のほうばかりに目を向けて、吉のことを目に入れておらぬが、あいつももう十六。所帯を持っても、なんら不思議ではない。吉も慕うておる。ここは一つわしの頼みを聞いてくれぬか。そうなればおまえと本物の親子になる。これ以上盤石《ばんじゃく》な関係はなかろう。おまえにも迷惑をかけたし、朝が駄目となった今、未練は残るかもしれんが、願いを聞いてくれぬか」

光隆は為教を見続けていた。為教は頭を下げた。

「わたしを愚弄するのでございますか。剣も鍬《くわ》もまともに持てぬ身になっておるのに」

「おまえが気弱になってどうする。少し力が入らぬようになっただけではないか。それが駄目なら、ここを使えばいいだけのことではないか。おまえには才覚があるし、今のおまえのほうがいいと言う者も多くいる」

光隆はまだ信じられないというふうに為教を見つめていたが、以前のような尖った視線は消えていた。

「吉はもう承知している。おまえも承諾してくれるな?」

「為教《ためのり》様がそこまで気にかけてくださっているとは、夢にもおもいませなんだ」

光隆がそう応えたのは事実だった。この人間に気に入れられようと懸命に生きてきた。自分が育てられたという恩義もあるが、厳しくともどこか温かみのある気質が好きだった。だからいつも彼の先を読んで行動した。それが過激になったこともあるし、災いしたこともある。

そして裏目に出た時も、こちらを追い詰めることをしなかった。苦労してきたから、人の心がよく読めたのだ。自分にもそんな心が備わっていれば、もっと別の人生があったかもしれない。そういう人物だからこそ、恋い焦がれていた娘の朝に、手を出すことができなかったのだ。

だがもうそのことはいい。朝殿が親鸞と一緒になったことで、自分の夢は潰《つい》えてしまった。為教のようになりたいと我欲を持ち続けていたが、それは自分が傲慢になっていたからだ。いつの間にか人の心が見えなくなっていたのだ。

その自分に吉を差し出すと言う。この人物はどこまでも信用してくれているのだ。光隆はそうおもうとまた涙が零《こぼ》れた。

「すっかり気弱になったのう、光隆。よく涙するようになった。そんなことではわしの跡を継げないぞ」

光隆が顔を上げると、為教が愉快そうに笑顔を見せた。

「では、話を進めるぞ。それにわしは今日、親鸞様にご報告をしなければならないことがある。おまえには悪いが、こっちのほうが気の重いことだ」

「なにかあったのですか」

「法然上人様がお亡くなりになった」

「誠でございますか」

光隆が訊くと、為教は黙ったままだった。それから、どんな人間でも朽ちる、誰一人として例外ではないと、自分に言い聞かせるように呟いた。

そのことを聞いた親鸞は、その晩から三日三晩御堂に籠った。我を忘れるように念仏を称《とな》えていたが、それは彼の慟哭のように聞こえた。

三日後、親鸞が心配する村人の前に、精根尽きて姿を現わすと、誰もが駆け寄り安堵した。彼が立ち上がることもできず伏せていると、村人の中から、山中幸秀が出てきて白湯を口に含ませた。親鸞はうつろな目で彼を認めると、乾き切った口元をゆるめた。声は掠《かす》れ、すでに発することができなかった。

「都にいても、越後で聞いたあなた様の言葉が、耳から離れませんでした。あなた様の許で、残りの人生を、武士よりも仏の道に邁進しようと決めました。天も地も弥陀の光徳《こうとく》だと言われる親鸞様の声が、心を一番打ちました。この身をすべて、弥陀に捧げようとおもっております」

四年ぶりに見た山中幸秀の表情は、以前よりも険がなくなり和んでいた。親鸞は消え入りそうな声で、いつこちらへと訊いた。彼はいるはずのない幸秀の姿を目にし、自分が幻想を見ているのかとおもった。

「一昨日です。親鸞様が籠っておられると聞きましたので、ずっと心配をして、待っておりました。これからはあなた様のそばで生きていきたいと、やって参りました」

親鸞は返事の代わりに手を合わせた。念仏を称《とな》え続けた彼の頬はこけ、話すこともままならなかったが、目には力が漲っていた。

「法然上人はなんと?」

三善為教《ためのり》が静かに訊いた。

「上人様はわたしにすべてを託すと言っておられました」

周りの者たちから一斉に、おお、という歓喜の声が洩れた。

「わたしは一向《ひたすら》に念仏を称え、上人様の真の教えを広めていくことをお約束いたしました。この世の人々に、分け隔てなく阿弥陀仏の光が当たるような浄土にしなければなりません」

親鸞は疲労の極限に達していたが、心は高揚していた。その心の内側に、美しい浄土で、法然上人と聖如房《しょうにょぼう》が仲睦まじく暮らしている姿が見えていた。二人の願いは成就していたのだ。彼はなによりもそのことが嬉しかった。

そして自分を抱き抱えてくれている朝を見つめた。彼女の瞳から膨らみ流れた涙が、親鸞の頬に落ちた。彼は一瞬、朝の表情が玉日《たまひ》の表情と重なって見え、自分も浄土にいるのではないかとかんじた。すると急に意識が遠退いていきて、親鸞様、親鸞様、と切ない声で呼ぶ玉日の声が聞こえてきた。

空は高いところにあった。親鸞は身支度をすますと、村人の真ん中にいる三善為教《ためのり》に頭を下げた。村人たちは親鸞に向って合掌をし、中には念仏を称えている者もいた。

「ついに行かれるのか」

三善為教が諦めきれずにもう一度尋ねた。

「ご赦免になっても、上人のおられぬ都にはなんの未練もございませぬ。これからは、この日本国を、本当の浄土にしてみせまする。そのことを法然上人に代わって、わたしが広めたいとおもいます」

親鸞は力強く応じた。

「で、どうなさる」

村人のおもいを代表して訊くように、為教が問うた。

「まず今一度都に戻り、置いたままの子の姿を見たいとおもっております。仏に仕える身であっても我が子のことは気になります。それから、遊行《ゆぎょう》※をしながら善行寺に参り、いずれ坂東に行きたいとかんがえております」

「坂東ですか。坂東のどちらに？」

「まだ決めてはおりませぬ」

しかし親鸞には確信があった。都も多くの人間がいるが、世の中が変わった現在では、東国が新しい都になるはずだ。

そこでただひたすらに阿弥陀仏に恭順することを伝えればいい。それが法然上人とわたしの教えなのだ。

そばには恵信尼《えしんに》※となった朝が生まれたばかりの稚児を背負い、もう一人の息子は直助が抱えていた。山中幸秀は刀を捨て丸越しだったが、手に数珠を持っていた。剃り上げた頭には、白いものも混ざっていたが、小柄の背筋は伸びていた。

「わたしがついておりますから」

直助は老母と別れるというのに陽気な声で言った。親鸞について行くと言い張り、その夢が叶い心は弾んでいた。

※遊行…仏教の僧侶が布教や修行のために各地を巡り歩くこと。空海、行基、空也、一遍などがその典型。
※恵信尼…寿永元年（一一八二年）―文永五年（一二六八年）、鎌倉時代の人物で、浄土真宗の宗祖・親鸞の妻。父は、越後の豪族・三善為教。

「母親のことは心配するな。わしは吐いた言葉は絶対に守る」

三善為教《ためのり》が胸を反らした。

「是非ともお願いします」

直助は大きな背中を丸めた。為教が老母の面倒を看《み》ると約束してくれたのが、ことのほかに嬉しかったのだ。だが今は老いた母よりも、親鸞のそばにいたかった。

「おまえの母御はわしの母親でもある。この地で、ともに生きているわしら一族郎党は、みな身内じゃ。家族じゃ」

為教が叫ぶように言った。

「わしにどんなことがあっても、親鸞様や恵信尼《えしんに》様、それにこのお子らを、命にかけてでもお守りしますから」

直助は胸を張り、三善為教のそばで不安な眼差しを向けている老母に、為教様が約束してくれたから心配するなと言った。自分も立派な僧になってみせるとわらった。

「お気をつけて」

身籠った吉の脇から光隆が言った。親鸞は法然上人がいなくなった今、自分こそがこの末法《まっぽう》の世の中を、阿弥陀仏の無限の光徳《こうとく》によって、光輝かせねばと念じた。都や越後と違い、坂東には、まだ自分を必要としている人々がいるとかんじていた。

これからのながい遊行の道こそが、真の浄土へ行く道すがらだ。為教や村人たちに改めて礼を言い、恵信尼の横顔を見ると、ふとまた玉日《たまひ》の表情と重なった。やはり阿弥陀仏は自分を導いてくれたのだ。この心の充実感こそが、弥陀の光徳ではないのか。親鸞はその光徳を天にも地にも満たそうと決心した。

「では、参りましょうか」

彼が恵信尼に言うと、彼女は微笑み返した。背後に越後の海と空が広がり、強い朝日が、その両方から彼らを照らしていた。

あとがき

こどもの頃、わたしの家には大きな仏間と神棚があった。商売をやっていたので、毎朝お供えをするのが父とわたしの役目で、ご先祖様に両手を合わせるのと商売の神様に柏手を打つのが務めだった。どうしてこんなことをやるのかとおもっていたが、祖母や親の言うとおりにしていた。

祖母は自分がお祈りや神頼みをしたおかげで、死んだとおもっていた息子が、戦地から戻ってきたのだと信じていた。大変に嬉しかったらしい。わたしはその父から、弱い者苛めをするな、卑怯なことをするな、差別をするなと教えられた。当時は深い意味を汲み取ることはできなかったが、そういうことは、孤独に生きている人間をもっと孤独にするからだと、歳を重ねて気づかされた。孤独ということは淋しいということとだ。そのことを父は、戦争に行って悟ったらしい。わたしは父が好きだった。だから今頃になって彼の言葉が心に届くようになった。

だが世の中が落ち着き、これからという時にあの世に逝った。わたしは前作「グッバイ・マイラブ」で彼のことを書いたが、「グッバイ」の語源は「GOD BE WITH YOU」で、神のご加護がありますようにという意味だ。向こう側に行ったら、神様によくしてもらいたいと願ってのことだった。

そして祖母の落胆が今までも忘れられない。それからの彼女は仏壇の前に座り、日々ぼんやりとしている姿が増えた。たまに声にならない声で、南無阿弥陀仏、南無阿弥陀仏と称えていた。南無は恭順するという意味だ。彼女は親鸞のようにただ一向《ひたすら》に阿弥陀仏にすがっていたのだ。

その祖母も直に息子を追うように逝った。信心深かった彼女のせいでもないだろうが、後年、わたしは寺社を歩くようになった。もう三十数年歩いている。神仏習合の時代は寺社はともにあったのだ。神社のそばにはお寺があるし、お寺の近くには神社があるので自然と訪ねる寺社の数も増えた。明治維新以降の神仏分離により寺社も変容したが、弱い人間がすがるものは神仏以外にない。

摩訶不思議という言葉がある。「摩訶」は古代梵語で、非常にとかたくさんという意味だ。「不思議」は人智を超えて存在するもののことを指す。この世には摩訶不思議なことがそれこそ多くある。その理解できない、わからないことの中心に神仏を置き、わたしたちはさもわかったふりをして生きていく。

法然や親鸞はその中心に阿弥陀仏を置いたのだ。わたしの祖母もそれを信じた。同じ血を享けているこちらが気にならないはずがない。それが親鸞に惹きつけられた理由の一つではないか。もう一つは、親鸞がわたしたちの心に届く言葉を、多く残しているということだろう。すべて彼の言葉というわけではないが、弟子や子孫が、言葉によって彼の生き方や人間像をつくり上げている。言葉が人格をつくるのだ。卓越した人間は言葉と生き方が合致している。そして師の法然の教えを「真」に伝えるのが親鸞であり、そこから万人に伝えるならば、やはり言葉しかない。迷う人間にも、悩む人間にも、深く諭したのが彼だとも言える。それゆえに多くの人々の心に、阿弥陀仏を棲まわせたのではないか。

親鸞はこの仏の光徳によって人々を救おうとした。人間は氏育ちに貴賤があるのではなく、生き方に貴賤があると教えている。誰でも生きていれば心に傷を持つ。既往を咎めるなとも言っているのだ。この歳まで煩悩の海を溺れるように生きてきたわたしが、親鸞に惹きつけられたのは彼の言葉以外にない。考えるという行為は言葉に依存するということにも、改めて気づかされた。

本書は平成二十二年の十月から平成二十四年の五月まで「正論」に連載したもので、編集長の桑原聡氏には大変感謝している。また「沈黙の神々」や「焼き肉丼・万歳」に続き、出版してくださった松柏社の森信久氏にも深くお礼を申し上げたい。彼らのおかげで、わたしもまた、阿弥陀仏の光徳によって救われている気がする。

佐藤洋二郎

平成二十六年三月二十五日

参考文献

『日本思想大系11　親鸞』星野元豊・石田充之・家永三郎（岩波書店、1971年）
『浄土仏教の思想　第一巻』藤田宏達・桜部建ほか（講談社、1994年）
『親鸞始記―隠された真実を読み解く』佐々木正（筑摩書房、1997年）
『親鸞の思想―宗教心理学の視点から』寺川幽芳（法藏館、2005年）
『宮澤賢治と親鸞』小桜秀謙（彌生書房、1986年）
『親鸞歎異抄・教行信証1』石田瑞麿訳（中央公論新社「中公クラシックス」、2003年）
『ほんとうの親鸞』島田裕巳（講談社「講談社現代新書」、2012年）
『親鸞―浄土真宗の原点を知る』（河出書房新社「KAWADE道の手帖―宗教入門」、2011年）
『日本古典文学大系〈第82〉　親鸞集・日蓮集』（岩波書店、1964年）
街道の日本史『越中・能登と北陸街道』深井甚三（編）（吉川弘文館、2002年）
新版県史第2版15『新潟県の歴史』田中圭一・桑原正史ほか編（山川出版社、2009年）

街道の日本史24『越後平野・佐渡と北国浜街道』池享・原直史 編（吉川弘文館、２００５年）
歴史科学叢書『悪党と地域社会の研究』櫻井彦（校倉書房、２００６年）
『山をおりた親鸞　都をすてた道元―中世の都市と遁世』松尾剛次（法藏館、２００９年）

本書は平成二十二年十月から平成二十四年五月までの「正論」の連載に手を加えたものです。

◆著者略歴

佐藤洋二郎（さとう・ようじろう）

一九四九年福岡県生まれ。作家。中央大学卒。一九九五年『夏至祭』で第一七回野間文芸新人賞、二〇〇〇年『岬の蛍』で第四九回芸術選奨新人賞、二〇〇一年『イギリス山』で第五回木山捷平文学賞をそれぞれ受賞。『人生の風景』『沈黙の神々』『夏の響き』『沈黙の神々2』『腹の蟲』『坂物語』『グッバイマイラブ』『TOKYO－BRIDGE 東京ブリッジ』など著書多数。現在日本大学藝術学部教授。

親鸞《しんらん》 既往《きおう》は咎《とが》めず

二〇一四年五月一五日初版第一刷発行

著者 佐藤洋二郎
発行者 森 信久
発行所 株式会社 松柏社
〒一〇二－〇〇七二
東京都千代田区飯田橋一－六－一
電話 〇三（三二三〇）四八一三（代表）
FAX 〇三（三二三〇）四八五七
メール info@shohakusha.com
装丁・組版 常松靖史［TUNE］
製版・印刷・製本 倉敷印刷株式会社

ISBN978-4-7754-0203-0